新潮文庫

しゃばけ読本

畠中　恵
柴田ゆう　著

新潮社版

9066

しゃばけ読本　目次

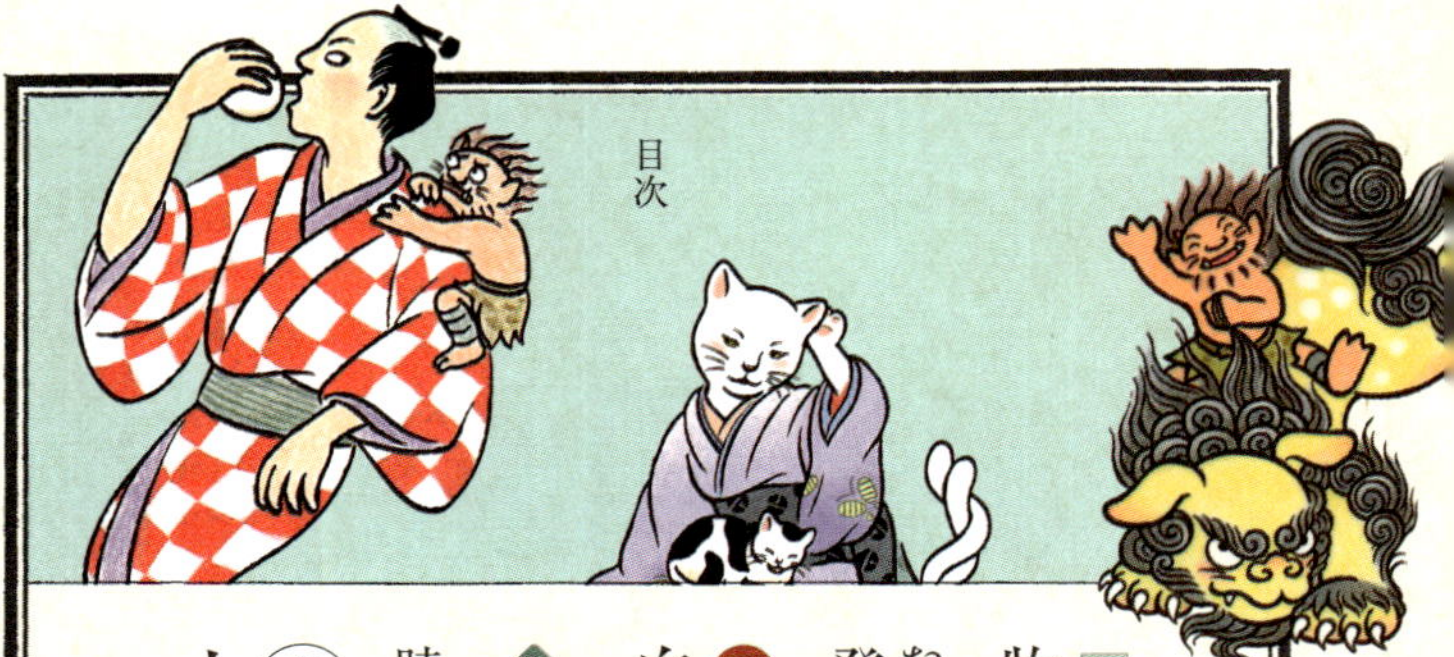

目次

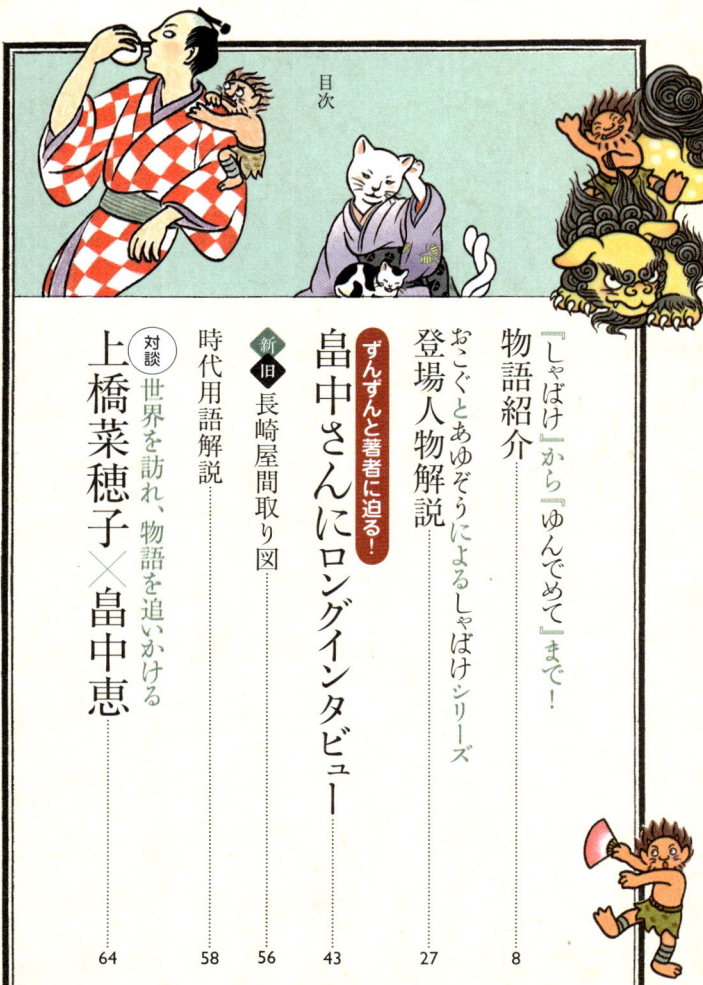

目次

目次

しゃばけ読本
畠中恵 柴田ゆう 著

『しゃばけ』から『ゆんでめて』まで!

物語紹介

しんみり、ほんわか、どきどき、わくわく。
殺されかけたり、死にかけたり。
甘やかされたり、甘やかしたり。
色とりどりの心模様に胸もふくらむ
「しゃばけ」シリーズのすべてを一挙掲載!

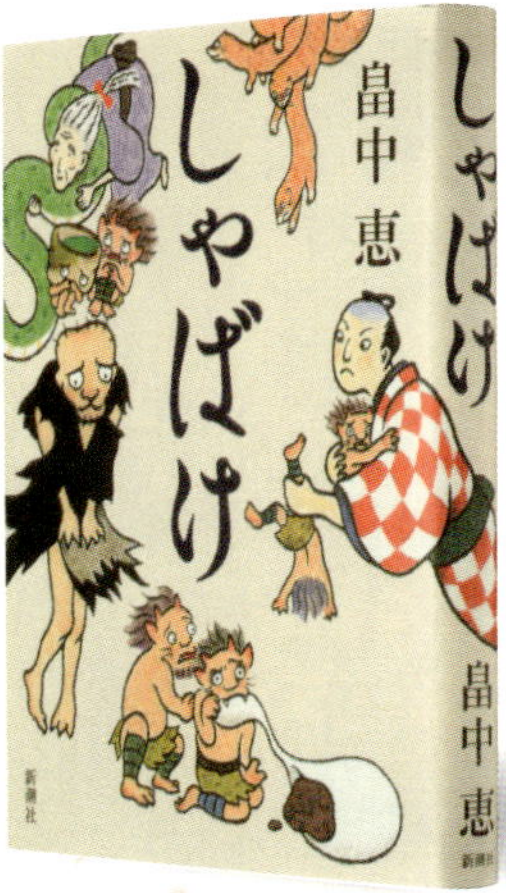

しゃばけ

単行本『しゃばけ』H13年12月刊▶文庫『しゃばけ』H16年4月刊

江戸の大店の若だんな一太郎は、一粒種で両親に溺愛されているが、めっぽう身体が弱い。そんな彼を、身の周りにいる犬神や白沢といった妖(あやかし)たちがいつも守っている。ある夜、一太郎は人殺しを目撃してしまう。妖の助けを借りて下手人探しに乗り出すものの……。「洒落っ気いっぱい、近来の出色」と大好評の第13回日本ファンタジーノベル大賞優秀賞受賞作!

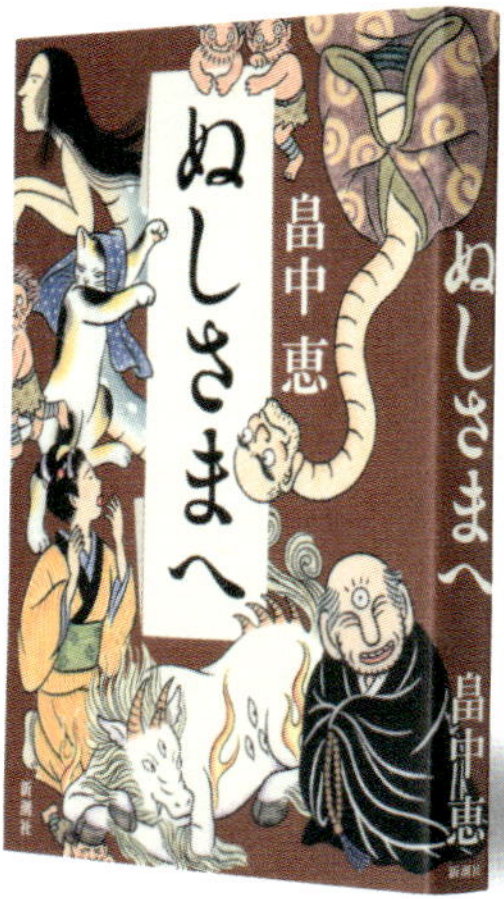

ぬしさまへ

単行本『ぬしさまへ』H15年5月刊▶文庫『ぬしさまへ』H17年12月刊

江戸の大店の若だんな一太郎は、めっぽう身体が弱くて寝込んでばかり。そんな一太郎を守っているのは、他人の目には見えぬ摩訶不思議な連中たち。でも、店の手代に殺しの疑いをかけられたとなっちゃあ黙っていられない。さっそく調べに乗り出すが……。病弱若だんなと妖怪たちが繰り広げる、痛快で人情味たっぷりの妖怪推理帖。

【ぬしさまへ】

大モテの仁吉さんの袖にはいつも山ほどの恋文が入れられているのですが、今回の恋文は百年の恋も冷めるほど字が汚い！　なんとか差出人の名前だけは判読できた若だんなですが、その本人が火事の最中に殺されて、仁吉さんに疑いがかけられてしまいます。

【栄吉の菓子】

栄吉さんが作った茶饅頭を食べて、三春屋の常連客のご隠居が死んでしまうなんて!?　噂は広まり、三春屋の売り上げは、もちろん大激減。落ち込む親友のために、若だんながご隠居の死の真相究明に乗り出します。

【空のビードロ】

松之助さんが桶屋東屋でご奉公していた頃のお話です。長崎屋にご奉公することになったきっかけや理由は、『しゃばけ』とこのお話をお読みいただければわかりますよ。

【四布(よの)の布団】

若だんなのために仁吉さんが注文した布団から、夜毎、面妖な泣き声が……。どうやら手違いで古物が届いてしまったようなのです。翌日、腹の虫がおさまらない藤兵衛様と仁吉さんに連れられ、若だんなは繰綿問屋の田原屋へ。そこで若だんなが出会ったのは、通い番頭の死体でした。

【仁吉の思い人】

飲んだら仁吉の失恋話を聞かせてあげますと佐助さんにそそのかされ、苦いクスリを我慢した若だんな。あの仁吉が失恋だなんて、若だんなは信じられなかったのですが、仁吉さんには辛い辛い失恋の思い出があったのです。しかもそのお相手とは……。

【虹を見し事】

やかましいくらいの妖たちが忽然と若だんなの前から姿を消してしまいました。手代の二人も別人のよう。あまりに奇怪な状況に、若だんなは自分は誰かの夢の中に入ってしまったのだと推理し、そこから出ようとなさいます。しかし、この時ばかりは若だんなの推理も大正解ではなかったようなのです。

ねこのばば

単行本『ねこのばば』H16年7月刊▶文庫『ねこのばば』H18年12月刊

犬神や白沢、屏風のぞきに鳴家など、摩訶不思議な妖怪に守られながら、今日も元気に(?)寝込んでいる日本橋大店の若だんな一太郎に持ち込まれるは、お江戸を騒がす難事件の数々——。ドキドキ、しんみり、ほんわか、ハラハラ。愛嬌たっぷり、愉快で不思議な人情妖怪推理帖。「しゃばけ」シリーズ第三弾!

【茶巾たまご】

あれほど病弱な若だんなが寝込まなくなり、長崎屋の商売も絶好調。買った古箪笥からは前の持ち主のへそくりと思われる金子まで出てきます。皆さん、福の神がやってきたのではと大喜びですが、松之助さんに持ち込まれた見合いの相手が殺されて……。元気な若だんなが活躍するのは、この時だけです！

【花かんざし】

江戸広小路に遊びに出かけた若だんなは迷子の女の子、於りんちゃんと出会います。かわいらしい身なりで、その手にしっかりと鳴家を捕まえて放しません。困り果てた若だんなは、於りんちゃんを長崎屋に連れて帰り、なんとか家を探し当てようとするのですが、於りんちゃんは答えません。その上、「帰ったら、於りんは殺されるんだって」と呟いたのです。

【ねこのばば】

見越の入道さんからもらった若だんなお気に入りの「桃色の雲」が、お部屋から忽然と消えてしまいました。がっかりしている若だんなに持ち込まれたのは、お寺で起こった坊主殺人事件と、猫又救出作戦。一見、関係のなさそうな三つの事件ですが、二転三転、お寺の秘密につながっていったのです。

【産土(うぶすな)】

不作のため、大店がどんどん潰れ始めました。お店のため、金策に走る佐助さん。ところが、突然部屋の中に、奇妙な短冊と共に金子が現れたのです。日頃無口な佐助さんの真実の心に、触れることができますよ。

【たまやたまや】

長崎屋始まって以来の一大事です！　若だんなが、グレてしまいました。巾着に小判を入れて行き先も告げず一人で外出なんて、手代さん達に知られたら大変です。いくら、栄吉さんの妹、お春さんのためとはいえ……。嫁入りを前にしたお春さんの想いに胸をしめつけられる一編です。

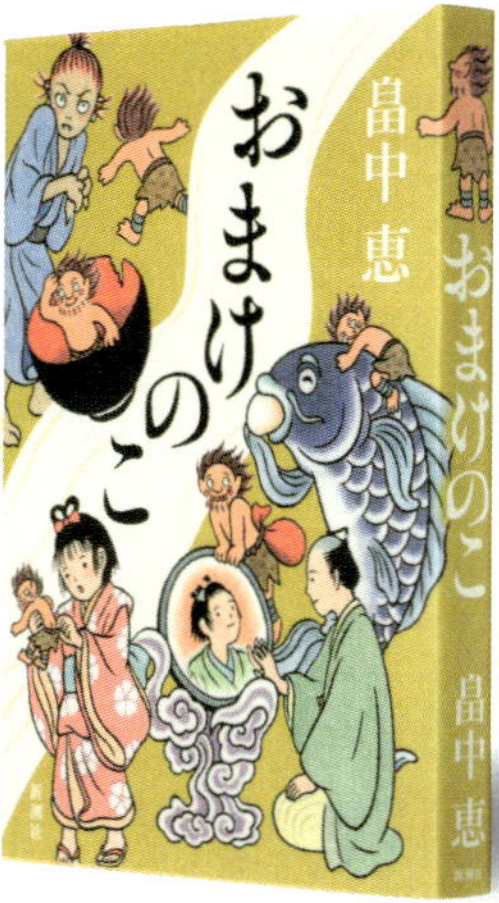

おまけのこ

単行本『おまけのこ』H17年8月刊▶文庫『おまけのこ』H19年12月刊

妖たちに守られながら、またまた寝込んでいる若だんなの一太郎——。でも、こうしちゃいられませんよ！ 親友・栄吉との大喧嘩あり、「屏風のぞき」の人生相談あり、小さな一太郎の大冒険あり。お江戸で話題の謎を解く人情妖怪推理帖は、今回もおもしろさてんこ盛り。「しゃばけ」シリーズ第四弾！

【こわい】

またもや臥せった若だんなのお見舞いに来てくださった栄吉さん。ところがお土産の饅頭があまりに不味く、若だんなは吐きだしてしまい、二人は大喧嘩に。そんなとき、狐者異（こわい）という妖が長崎屋にやってきて、飲めばたちまち一流の職人になれるという天狗の秘薬を持っていると言い始めます。若だんなは栄吉さんのため、それを手に入れようとするのですが……。

【畳紙（たとうがみ）】

於りんちゃんの叔父の許嫁お雛さんは、とっても厚化粧。本当はお化粧をやめたいのに、やめることができず、悩んでいます。そんなお雛さんが人生相談を持ちかけた相手は、なんと、屏風のぞきさん。憎まれ口ばかり叩いている妖ですが、お雛さんの悩みを解決してあげられるのでしょうか?

【動く影】

幼い日の若だんなの初推理です! 日本橋のあたりに出ると噂される飛縁魔（ひえんま）という妖と、お春ちゃんを脅かす妖、影女。皆を怖がらせる妖怪退治に、若だんなが近所の子どもたちと乗り出しました。手代さんたちに出会う前の若だんなは、どのように妖を退治したのでしょう?

【ありんすこく】

吉原の娘と駆け落ちすると高らかに宣言なさった若だんな。呆然とする仁吉さんと佐助さんを尻目に、若だんなは一生懸命、策を練っています。若だんなは恋に落ちてしまったのでしょうか?　一緒に逃げる体力など、ないような気がするのですが……。

【おまけのこ】

長崎屋に持ち込まれた大粒の真珠を「お月様」と思い込んだ鳴家。盗まれそうになった「お月様」を守るため迷子になってしまったのですが、暴行事件と窃盗事件が一度に起こってお店はおおわらわ。誰も鳴家が一匹いなくなったことに気がつきません。空を飛んだり溺れたりしながら、「お月様」を守ろうとする鳴家の大冒険です。

うそうそ

単行本『うそうそ』H18年5月刊▶文庫『うそうそ』H20年12月刊

近頃江戸を騒がす地震の余波で頭に怪我をした若だんな。主人に大甘の二人の手代と兄・松之助をお供に箱根でのんびり湯治の予定が、人さらい、天狗の襲撃、謎の少女の出現、ますます頻発する地震と、旅の雲ゆきは時を重ねるごとにあやしくなっていき……。病弱さなら誰にも負けない若だんなだが、果たして無事、長崎屋に帰れるのか？

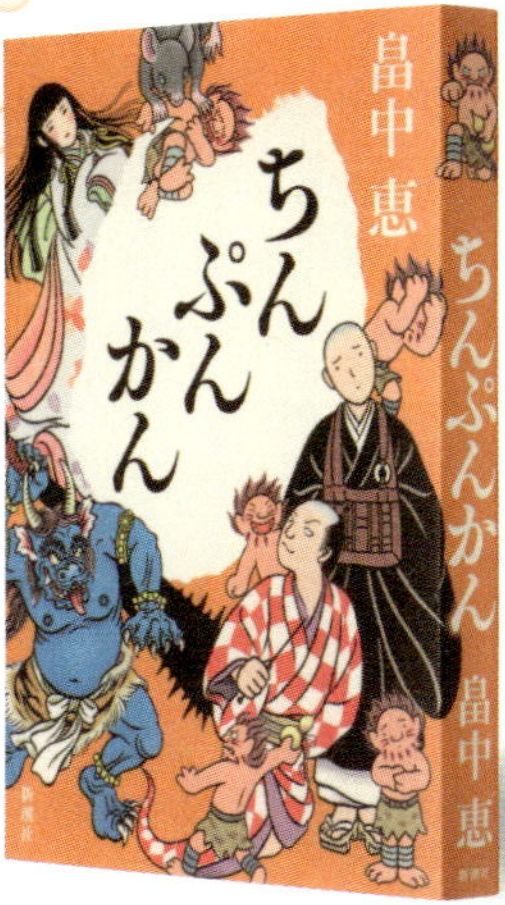

ちんぷんかん

単行本『ちんぷんかん』H19年6月刊▶文庫『ちんぷんかん』H21年12月刊

頼りになるのかならぬのか、どこかとぼけた妖たちと誰より病弱な若だんながお江戸の町を舞台に大活躍！　さて今回若だんなはどんな事件を解決する？　日本橋を焼き尽くす大火に巻かれた若だんなの三途の川縁冒険譚に、若き日のおっかさんの恋物語、兄・松之助の縁談に、気になるあのキャラも再登場。本作も面白さ盛りだくさん！

【鬼と小鬼】

通町一帯を襲った大火に巻かれ（といっても煙を吸い込んだだけなんですけどね）意識を失った若だんなが、はたと目覚めると、そこは昼とも夜ともつかない川の畔……。幾度となく死にかけてはいたものの、数匹の鳴家をお供に、とうとう三途の川縁まで来てしまった若だんなですが、果たして無事、兄やたちが待つ長崎屋に帰れるのでしょうか。

【ちんぷんかん】

妖退治で有名な広徳寺の僧侶、寛朝の愛弟子である秋英さんが大活躍するお話です。兄・松之助の縁談話の相談に寛朝のもとを訪れた若だんな。そこにもう一組の相談者が現れたため、そちらは秋英がお相手をすることに。しかし、この相談者、一筋縄ではいかないお相手だったのです。

【男ぶり】

若だんなを砂糖漬けのお菓子よりも甘やかしていらっしゃる旦那様の藤兵衛様と、奥様のおたえ様の馴れ初め大公開！　若き日のおたえ様が心を奪われたのは、役者似の整った顔立ちに気さくな笑顔が眩しい煙管屋の次男坊、辰二郎。望む縁談なら何でも叶うおたえ様なのに、どうして長崎屋の奉公人だった藤兵衛様と結ばれたのでしょうか。読後、幸せな結婚っていいな～と思える一編です。

【今昔】

大火で全焼した家屋を新築した長崎屋。その祝いの最中に若だんなにもたらされたのは、松之助の縁談が決まったという、嬉しいけれど少し寂しい知らせ。でも、その祝い話も、陰陽師が操る不吉な式神や、貧乏神の金次の登場で、すっきり片付きそうもありません。いったい松之助さんの婚礼話はどうなっちゃうんでしょう？

【はるがいくよ】

新築した長崎屋の離れの前に植えられた桜の大木から遣わされた花びらの精・小紅と若だんなの一瞬の邂逅を描いた物語です。人の何倍もの早さで成長する小紅の時間を何とか止めようと奮闘する若だんなの気持ちが切なくて、思わず泣けてしまいます。

みぃつけた

ビジュアルストーリー・ブック『みぃつけた』H18年11月刊

ねぇ、われがおまえたちを見つけたら、友だちになってね。一番のお友だちに! ――「しゃばけ」シリーズから飛び出したビジュアルストーリー・ブック。可愛らしい短編にお馴染みのイラスト満載でお届けします! ひとりぼっちで寂しく寝込む幼い一太郎が見つけた「お友だち」は、古いお家に住み着いている小さな小さな小鬼たち。ちゃんと仲良くなれるかな? いたずら小鬼と一太郎の愉快なかくれんぼ。本書の193ページからお楽しみいただけます。

いっちばん

単行本『いっちばん』H20年7月刊▶文庫『いっちばん』H22年12月刊

若だんなに元気がない？　それはいつものことだけど、身体じゃなくて気持ちが鬱いでるって？　こうなりゃ、誰が一番若だんなを喜ばせられるか、一つ勝負といこうじゃないか——一歩ずつ大人の階段を登り始めた若だんなと、頼りになりそうでどこかズレてる妖たちが大人気の「しゃばけ」シリーズ第7弾！

【いっちばん】

　兄・松之助さんが分家し、友の栄吉さんは隣の三春屋を出て修行に出、寂しそうな若だんな。見兼ねた妖たちは、誰がいちばん若だんなを喜ばせる贈り物を調達できるか、勝負することに。一方、通町ではたちの悪い掏摸事件が頻発。弱った日限の親分が若だんなのところに泣きついてきたのですが、どうやらその事件には大店の次男坊が関わっているらしく。妖たちの大活躍が楽しい一編です。


【いっぷく】

　江戸でも有数の大店、長崎屋に強力なライバルが出現!? 唐物屋の小乃屋と西岡屋という、本家が近江にある新しいお店です。その両店が、長崎屋に「品比べ」を挑んできたからさあ大変。不思議なことに、競争相手の小乃屋の息子、七之助さんは、鳴家が見えているかのようなそぶり。若だんなも初対面のはずの七之助の顔に見覚えがあるのですが。さてさて、品比べの行方はいかに。

【天狗の使い魔】
　なんと、若だんなが大天狗の六鬼坊に攫われた! 若だんなの祖母である皮衣様に、亡き友に仕えていた使い魔、管狐（くだぎつね）の引き渡しを頼むが断られてしまった六鬼坊は、若だんなの身と引き換えに皮衣様に願いを叶えさせようと大胆な行動に出たのです。そこへ狛犬や狐たちまでが加わって、大騒動に。若だんなは長崎屋に無事に帰れるの?

【餡子は甘いか】

　若だんなの幼なじみ、三春屋の栄吉さんは菓子作りの腕を上げるべく、老舗の安野屋で修行中。でも、上達にはほど遠く落ち込む毎日です。そんなとき、店に盗みに入った八助という若い男が、主人に菓子作りの才を見抜かれ、安野屋の新たな弟子に。このままでは器用な八助に追い抜かれてしまう、と悩む栄吉さんでしたが……。


【ひなのちよがみ】

　厚化粧をやめた一色屋のお雛さんは、見違えるほどかわいい娘さんに。傾きかけた店のため、新たな商品を売り出したはいいものの、許嫁の正三郎さんは渋い顔。どうやら取引相手、志乃屋の秀二郎さんがお雛さんとの縁談を望んでいるみたいなんです。どちらが婿にふさわしいか決めるべく、若だんなは二人にある勝負を提案します。

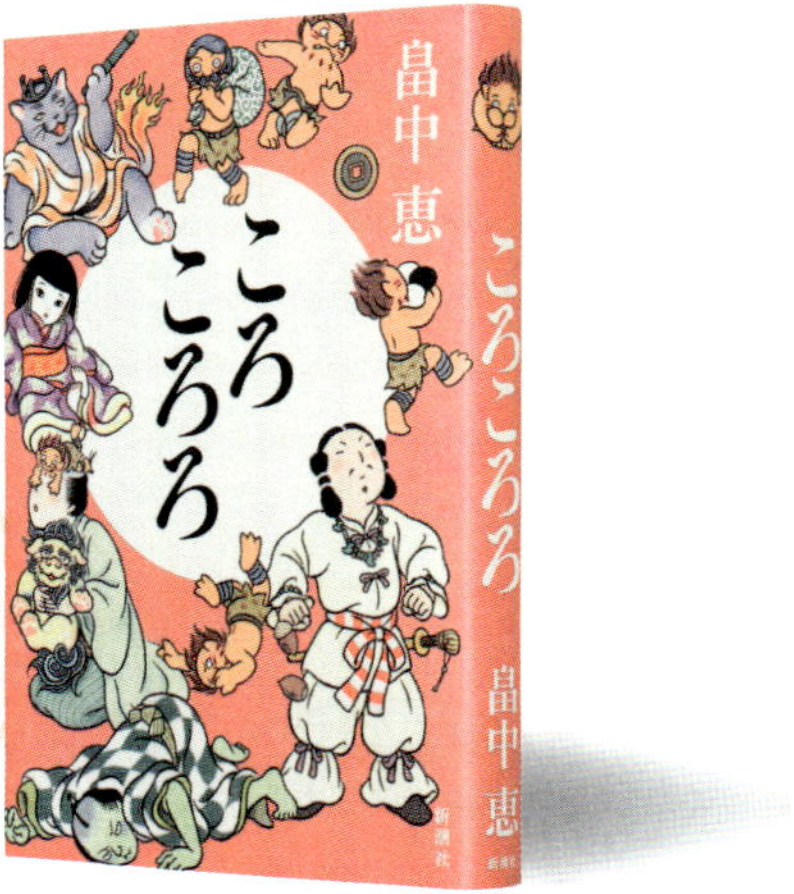

ころころろ

単行本『ころころろ』H21年7月刊

体の弱さじゃ天下無双、今日も元気に（?）寝込んでる若だんなに、シリーズ最大のピンチ！　朝起きたら、目から光が消えていた！　みんなで助けないといけないってときに、佐助が奥さんと暮らし始めたって!?　どうなる、若だんな？「しゃばけ」シリーズ、末広がりの第8弾です。

【はじめての】

一太郎がまだ十二歳のときのお話。日限の親分が連れてきたのは十五のお沙衣さん。この女の子は目の悪いおっかさんのため、目の病に霊験あらたかな生目八幡宮に供えるべく、七つの宝を集めているそうなのです。ですが、お沙衣にその話をした昌玄という医者は、ちょっとうさんくさい人物で……。若だんなの知られざる初恋秘話。


【ほねぬすびと】

ある日、若だんなが目覚めると、目が見えなくなっていた!? それだけでも大騒ぎなのに、長崎屋に別な厄介ごとが。久居（ひさい）藩の武士、岩崎が、領地の名産である干物の運搬を、廻船問屋である長崎屋の船に頼みたいとやってきました。お武家の依頼を断る訳にもいかず、しぶしぶ引き受けたはいいものの、江戸に着いた荷は空になっていてさあ大変!

【ころころろ】
どうやら若だんなの目が見えなくなったのは、生目神様が関わっているよう。生目神の玉を持っているらしい河童を捜しに奔走する仁吉さんは、小ざさという、女の子が取り憑いた人形の妖と、なぜか妖が見える人間の男の子、万太もお供にすることになってしまうのですが。仁吉さんが大活躍、ファンは必読です。

【けじあり】

なんと佐助さんに妻が? しかも長崎屋も辞めて、自分の店を出している? 優しい妻との暮らしに満足している佐助でしたが、なんだか落ち着かない日々。妻のおたきが「店に鬼が出た」と騒ぎはじめるようになって、違和感はますます強くなっていき……。佐助さんファンには衝撃（?）の物語です。


【物語のつづき】

若だんなは未だ失明中。兄やたちはついに堪忍袋の緒がきれ、生目神を罠にかけて捕えるという手段に! あっさり兄やたちの手に落ちた生目神は、「昔ばなしの物語のつづきを言い当てたら、若だんなに目を返そう」と言いだしました。若だんなと妖たちは「桃太郎」や「浦島太郎」のその後を皆で推理しはじめます。果たして、若だんなの目の光は戻るのか!

ゆんでめて

単行本『ゆんでめて』H22年7月刊

屛風のぞきが、行方不明！　左・右に分かれたあの道で、右を選んだ若だんな。それが全ての始まりだって？　泣かないで、若だんな！　佐助よりも強いおなご（!?）や、懐かしのあのキャラクターも登場。若だんなの淡い恋に、妖オールスターでのお花見で繰り広げられる〝化け〟合戦と、今作も絶好調に盛りだくさん。

【ゆんでめて】

分家した兄・松之助さんに子ができた！　祝いを持っていくことになった若だんなは、道中、二股の道で見かけた神らしき御仁の姿を追って、本来進むはずではなかった、右の道を行きます。そこから、若だんなは不思議な世界に足を踏み入れる事に。時は流れ四年後。離れの屏風のぞきがなんと行方不明に!?　若だんなは悲しみのなか日々を過ごしていますが――。

【こいやこい】

縁談が舞い込んできたのに、小乃屋の七之助さんはなぜか困り顔。許嫁の「千里」さんは、幼い頃に会ったっきり。なのに、上方からやってくる五人のおなごのうち、誰が本物の「千里」か当てろ、と難題を押しつけられたのです。弱った七之助さんは若だんなに知恵を借りようとするのですが。若だんなにもなんと恋の予感？　とっても華やかなお話です。

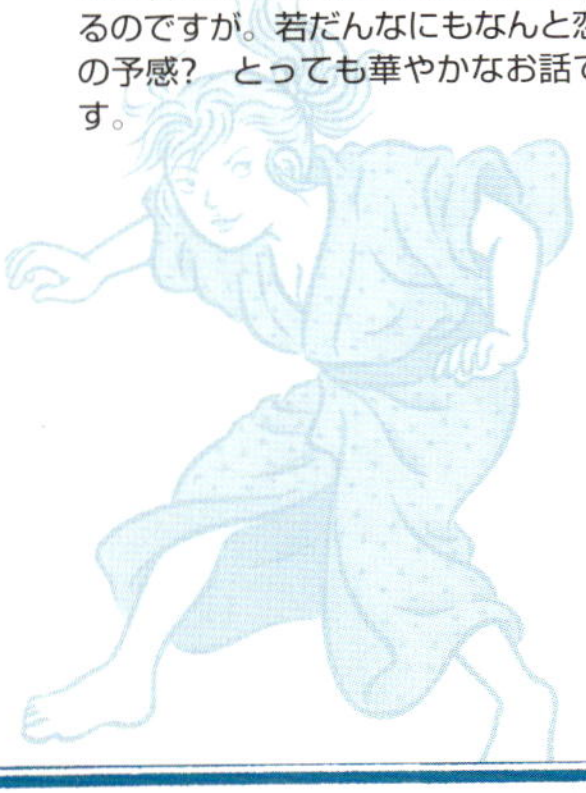

【花の下にて合戦したる】

春、桜の季節。妖たちを引き連れて、若だんなは飛鳥山へお花見にでかけました。広徳寺の寛朝さんや、王子の狐たち、狸の六右衛門、そしてなんと妖に混じって、栄吉さんや日限の親分までお花見に加わり賑やかなことに。しかし、豪華で派手なお花見の最中、見慣れぬ妖の仕業で、幔幕の間で若だんなは皆とはぐれてしまいます。

【雨の日の客】

大雨続きのお江戸。男たちに襲われかけた鈴彦姫は、長身でめっぽう強いおなごに助けられました。おね、と名乗るそのおなごは記憶をなくしており、身元の手がかりは、持っている不思議な美しい珠だけ。若だんなはその珠に見覚えがありました。どうやらその珠を探しまわっている輩もいるようで。一体この珠の正体は？　そしておねは何者？

【始まりの日】

物語の最初の日、弓手（左）に行くはずだった若だんなが馬手（右）に進んでしまったことは、あるうっかり者の神様のせいでした。そこで時を超えられる生目神様は、最初の日に戻り、若だんなを本来進むべき方向に行かせます。その後長崎屋では、八津屋という怪しい商人をめぐる騒動が。果たして若だんなの運命やいかに。

番外編

つくも神さん、お茶ください

単行本『つくも神さん、お茶ください』H21年12月刊

こんなに素敵な「しゃばけ」ワールドを生み出した人ってどんな人？　戯作者畠屋さんのほんわかとしたお人柄が伝わる貴重なエッセイ集でございます。日本ファンタジーノベル大賞優秀賞〈受賞の言葉〉から、愛する本や映画、音楽のこと。修業時代の苦労話に中国爆食ツアー、創作秘話やあっと驚く意外な趣味も。さらにはここでしか読めない書き下ろし随筆まで、てんこもり！　大ベストセラー作家の日常は、こんなに朗らかで、にぎやか。ファン垂涎の永久保存版です！

おこぐとあゆぞうによる

しゃばけシリーズ 登場人物解説

これであなたもしゃばけ通《つう》!?
虚弱体質若だんなと取り巻く人たち、妖《あやかし》たち
ここに一挙大公開!

長崎屋の人々と妖

若だんな《わかだんな》

お名前は一太郎とおっしゃいますが、近頃は若だんなとお呼びしています。廻船問屋兼薬種問屋、長崎屋の一人息子でいらっしゃいます。『しゃばけ』で物語デビュー(?)したときには、御歳十七歳。でも数えなので、現代の年齢で言えば十五歳、まだまだ少年でございます。若だんなは、心優しく、大変利発。しかし、元気でいるより死にかけている時間の方が長いくらいの病身なので、旦那様や奥様、二人の手代さんは、なにより若だんなの健康を気にかけていらっしゃいます。口の悪い近所の呉服屋の主人は「長崎屋が一太郎を甘やかすこと、大福餅の上に砂糖をてんこ盛りにして、その上から黒蜜をかけたみたいだ」なんて言うほどです……。

佐助《さすけ》（犬神《いぬがみ》）

長崎屋の手代さんです。若だんなが五歳の頃、十歳の少年の姿で長崎屋にご奉公にあがりましたが、実は仁吉とともにお稲荷様より使わされた犬神という妖です。六尺近い偉丈夫で顔はごつく、片手で人を持ち上げられるほど、強い力を持っています。人の形をしていても妖の本性がつい出てしまうと、黒目がネコのように縦に細長くなるので、ちょっと恐ろしいときもありますが、普段は仁吉さんとともに常に若だんなをお守りしていて、朝ご飯の給仕は（私たち女中を差し置いて）佐助さんがお世話します。手代としては皆から慕われるガキ大将のような気質で水夫たちを仕切って、廻船問屋での仕事をこなしています。

仁吉(白沢)《にきち(はくたく)》

白沢という妖である仁吉は、切れ長の目と整った顔立ちが江戸の娘たちに人気の手代さんです。その美しさは呉服屋の店先にでも置いておいたら、反物の売り上げもさぞ上がるだろうというほど。佐助さんと同様、とにかく一太郎ぼっちゃんが第一で、二から先はないと思っているのでしょう。昼の給仕は(私たち女中を差し置いて)仁吉さんがお世話します。普段は豊富な薬の知識で番頭とともに薬種問屋で働いており、若だんなが咳の一つもしようものなら、すぐに薬種の調合を始めます。

鳴家《やなり》

身の丈数寸の恐ろしい顔をした小鬼たちです。多数で集まって、家内できしむような音を立てるのが特徴。若だんなと甘いお菓子が大好きなようです。家づたいに自由に動けるので、若だんなの依頼により事件の調査などを手がけることもありますが、あまり有益な情報はもたらしたことがありません。動物の毛皮と思われる腰巻きをしているのですが、なんの毛皮かは不明です。嬉しくても驚いても悲しくても「きゅわきゅわ」と叫びます。

屏風のぞき《びょうぶのぞき》

若だんなの暮らす離れに置かれた古い屏風が化した付喪神さん。屏風に描かれた絵そのままに、派手な石畳紋の着物をぞろりと着こなしています。長崎屋に住む妖の中では、唯一、若だんなに憎まれ口をきく皮肉屋ですが、部屋から出られない若だんなのよき遊び相手で、碁仲間でもあります。

藤兵衛《とうべえ》

若だんなのお父上で、長崎屋のご主人でいらっしゃいます。五十を超えたとは思えない力強さを感じさせる方で、五尺五寸ほどの上背がございます。長崎屋の手代でしたが、若だんなのお母上である家娘のおたえ様に惚れられて、長崎屋の婿に入られました。

おたえ

若だんなの母上。四十路に近いとは思えない、儚げな美人です。若い時分には江戸一番の弁天様とか雪でできた花のようと褒め称えられ、身分の高いお武家様や江戸でも名の知れた大店の若主人などから、ぜひ嫁にというお話が降るようにあったそうです。若だんなのお兄様にあたられる男の子を生後数日で亡くされたことから、誰より若だんなの病弱ぶりを心配しておいでのお優しい奥様です。

松之助《まつのすけ》

若だんなの腹違いの兄。若だんなのお父上である藤兵衛様が他の女に産ませた子供ですが、奥様の心情を慮って、ある時まで長崎屋では「なかったこと」とされておりました。若だんな同様、非常に優しく誠実で好青年です。おこぐは、松之助さんのような人と夫婦になりたいと密かに思っております。

長崎屋の人々と妖

伊三郎《いさぶろう》

若だんなのおじい様。西国の武士でしたが、おぎん様と出会い、すべてを捨てて江戸へ駆け落ちし、長崎屋を構えたそうです。

おぎん

若だんなのおばあ様ですが、齢三千年の、皮衣という名の大妖です。若だんなが産まれる前に、人の世を去り、今は荼枳尼天様に仕えていらっしゃるそうです。若だんなも会ったことがありません。

おくま

若だんなの乳母やです。台所で五人の女中を仕切るたくましい（もとい怖い）方ですが、藤兵衛様たち同様、若だんなにはごく甘い。いまだに若だんなのことを「ぼっちゃん」と呼ぶ唯一の方です。

権八《ごんぱち》

五十歳近い水夫さんです。

忠七《ちゅうしち》

薬種問屋を切り盛りする番頭さんです。

摩訶不思議な妖たち

野寺坊《のでらぼう》

背が低く、すり切れた僧衣をまとった貧乏くさい坊主のかっこうをした妖です。若だんなの手足となって事件にまつわる情報収集に勤しんでいます。褒美に若だんながお買い求めになった栄吉さんの饅頭などをもらって帰ることもあるようです。

獺《かわうそ》

錦のあでやかな振り袖を着た小姓姿の美童に化けた妖。若だんなの私設調査員の一人です。野寺坊と一緒に行動していることが多いのですが、二人の見た目が対照的なので、端で見ておりますと、なんとも釣り合わない組み合わせです。

鈴彦姫《すずひこひめ》

湯島聖堂近くのお稲荷様に仕えている、鈴の付喪神。『しゃばけ』の冒頭で、兄やたちに内緒で出かけた若だんなと一緒に夜盗に遭遇しました。若だんなの私設調査員の一人でもあります。しっかり者ですが、湯治について行こうと、荷物の中にこっそり自分の本体である鈴を隠したりするお茶目な一面も持っています。

摩訶不思議な妖たち

見越の入道《みこしのにゅうどう》

長崎屋の妖のなかでは一番威張っている二人の兄やたちよりも上位に位置する、偉い妖です。若だんなのおばあ様であるおぎん様とは昔からの知り合いでいらっしゃるそうです。仁吉さんや佐助さんがとにかく目の前の若だんなを甘やかすのとは別の次元で、若だんなのことを非常に心配し、つねに見守っていてくださいます。

蛇骨婆《じゃこつばば》

白髪頭の老婆のような姿ですが、老人とは思えないほどの肌艶！いいなぁ。

狐者異《こわい》

人はもちろんのこと妖にも受け入れられない、孤独な妖。外見は、薄青い着物を着た十四、五歳の若者です。天狗からもらったとびきりの薬を持っているといって、若だんなをはじめ、日限の親分など、長崎屋を訪れる人たちを翻弄しました。

猫又《ねこまた》

人型に化ける猫。若だんなが馴染みの猫又はおしろと呼ばれています。……色っぽいです。

ふらり火《ふらりび》

提灯ほどの大きさの白い光の玉。羽と足をもち、自在に飛ぶことができます。

群れ鼬《むれいたち》

焼け死んだ人の魂を食べて強くなるそうです。火事が大好き。

影女《かげおんな》

障子に現れて、ゆらゆら動く影です。

暗紅《あんこう》

おぎん様に同行した狐ですが、逆恨みをして、若だんなの命を狙った奴です！

荼枳尼天《だきにてん》

神なる存在。おぎん様がお仕えしている方です。

お獅子《おしし》

若だんなが湯治に出掛けられたときに、付喪神と成った古い印籠の蒔絵の獅子です。

摩訶不思議な妖たち

比女《ひめ》

箱根の山神様の御子様です。童姿。何千年も生きていますが、天狗たちがずっと守りをしていたそうです。

小紅《こべに》

桜の花びらの妖です。生きる時間が半月あまりという切ない運命を背負っています。

守狐《もりぎつね》

おたえ様のお母様である大妖おぎん様が、おたえ様に付け守らせている眷属です。今でもおたえ様を守っていらっしゃいます。

信濃山六鬼坊《しなのさんろっきぼう》

信濃山の山神に仕える大天狗。大胆にも若だんなをさらい、若だんなの祖母である皮衣様に自分の要求をのませようとした、なんとも豪快な御仁です。

五徳《ごとく》

以前犬神に助けられたとして、佐助への恩返しのため長崎屋にやってきた妖。でも、大きな図体のわりには、鳴家に遊ばれるばかりで、あんまり役にたたない奴なのです。

生目神・品陀和気命《いきめがみ・ほむだわけのみこと》

目の病に霊験あらたかな、生目八幡宮の主神。若だんなの失明の原因を作ってしまうちょっと困った神様です。人間に対してあんまり優しくないのは、過去に体験したある悲しい出来事が理由なのだとか。

摩訶不思議な妖たち

阿波六右衛門《あわろくえもん》

和算指南の浪人、六右衛門の正体は、かなりの術を使いこなす古狸。以前、広徳寺の秋英さんと和算対決をしたのをきっかけに、広徳寺なじみの妖になったそうです。

小ささ《こささ》

亡くなった後も母親のいるこの世を離れたくない女の子が乗り移った小さなお人形さんです。「河童を食べると悪鬼になって長生きできる」と信じて、仁吉に助けを求めます。

禰々子《ねねこ》

鈴彦姫のピンチを颯爽と救った、長身でめっぽう強いおなご。佐助さんとも対等に渡り合える、素敵にかっこいいお方です。記憶を失っていましたが、どうやらその正体はある妖のようです。

ご縁のある方々

栄吉《えいきち》

薬種問屋の北隣にある菓子屋・三春屋の跡取り息子です。若だんなよりひとつ年上ですが、ぼっちゃんにとってはかけがえのない親友なのでしょう。五十過ぎの父親の跡を継ぐべく菓子作りの修業中ですが、さっぱりうまくなりません。とくにあんこを作るのが苦手で、栄吉さんの作る饅頭は「美味しくない」を通り越して限りなく「まずい」に近いような気がします。栄吉さんを思いやる若だんなはともかく、私たちは栄吉さんのお饅頭は買う気になりません……。三つ違いの妹、お春ちゃんは若だんなにほのかな恋心を抱いているようです。

日限の親分《ひぎりのおやぶん》

離れの寝床で退屈をもてあます若だんなに江戸で起こっている様々な事件を語ってくれる岡っ引きです。名は清七とおっしゃいますが、通町界隈を縄張りにしており、日限地蔵の近くに住んでいることから、「日限の親分」と呼ばれています。縫い物で家計を助けていた妻のおさきさんが寝付いてしまってから、日本橋界隈の大店が差し上げる袖の下が大きな収入源となっているらしく、長崎屋にもちょくちょくお顔をお出しになります。

正吾《しょうご》

清七親分の下っぴきです。

於りん《おりん》

なぜだか鳴家が見える五歳の女の子。江戸広小路で迷子になっていたところを若だんなに助けられました。深川にある大きな材木問屋、中屋の娘です。

お雛《おひな》

於りんの叔父である正三郎の許嫁。両親を早くに亡くして、祖父母が営む紅白粉問屋、一色屋に引き取られました。素顔が想像できないほどの厚化粧を施しており奇異な印象を受けますが、とても真っ当な心根の優しい女性です。

源信《げんしん》

若だんなの掛かり付けの医師です。腕は確かですが、謝礼が高くて有名です。

辰二郎《たつじろう》

若かりし日のおたえ様の、縁談のお相手です。実は、おたえ様はこの方に恋をしていたのです。

寛朝《かんちょう》

妖封じで有名な、広徳寺の僧です。

秋英《しゅうえい》

寛朝様のたった一人のお弟子さんです。ご本人は気付いておりませんでしたが、妖を見るお力がございます。

お香奈《おかな》

おたえ様の幼なじみで、お店《たな》の娘さんです。美しいおたえ様を羨んでいたようですよ。

おくら

松之助さんの縁談のお相手です。米屋玉乃屋のお嬢様ですが、若だんなと同様、たいそう病弱なお方です。

お咲《おさき》

おくらさんの妹さんです。松之助さんが縁談を知る前に神社で出会い、心惹かれたお相手です。

金次《きんじ》

海苔問屋の大むら屋さんから長崎屋に移ってきた下男です。がりがりに痩せ、あばらが浮き、顔も骸骨に皮を張り付けたようで、どんなに食べさせても全然太りません。うらやましいです。

冬吉《ふゆきち》

若だんなが冥界で出会った、負けず嫌いで気の強いやんちゃな坊です。

ご縁のある方々

小乃屋七之助《おのやしちのすけ》

冬吉の兄さんです。商売のため、近江からお江戸にやってきました。若だんなと同じ年頃、同じ店の跡取り息子、ということで友になります。

お沙衣《おさい》

若だんなが十二のときに出会った初恋の(?)相手。目の悪いおっかさんのために、無謀にも七宝を集めようとがんばる、けなげな女の子です。

万太《まんた》

妖が見えてしまうことで疎んじられ、見世物小屋に売られてしまった気の毒な少年です。仁吉のおかげで広徳寺にお世話になることに。

ご縁のある方々

権太《ごんた》

「鹿島の事触れ」と呼ばれる、吉凶を告げる者たちの一人です。彼が迷子を見つけたという評判を聞いた若だんなは、行方不明になってしまった屏風のぞき探しを手伝ってもらおうと頼るのですが。

かなめ

七之助さんの許嫁である〝千里〟さん五人のうちの一人として、上方からやってきたおなごです。実はかなめが江戸にやってきたのは、深い理由がありました。

ずんずんと著者に迫る！

畠中さんにロングインタビュー

あゆぞう「『しゃばけ』シリーズの産みの親
畠中恵さんにインタビューしてみました」

おこぐ「そうそう、忙しい畠中さんを無理矢理、
新潮社の会議室に拉致してね！」

あゆぞう「そうでしたねぇ。畠中さん、
早く帰りたそうでしたよねぇ」

おこぐ「うん。でも柴田さんも途中で乱入して
楽しいインタビューになりました！」

◉若だんなは妖《あやかし》なの？

超虚弱で年中寝込んでばかりの日本橋の大店《おおだな》、長崎屋の若だんな一太郎ぼっちゃんが、摩訶《まか》不思議な妖怪たちと江戸で起きる奇怪な事件の謎を解く、愉快な人情推理帖「しゃばけ」シリーズ。ミステリーの面白さと愛すべきキャラクターたちがかもし出すほっこりとした情感で大ブレイクいたしました！

その作品の魅力について、「小説新潮」から長崎屋にご奉公にあがっている女中のあゆぞうと、先輩女中である出版部のおこぐ姉さんが「しゃばけ」の産みの親である作家・畠中恵さんに、ずんずんと迫らせていただきます。

おこぐ　よろしくお願いします。あゆぞうが頼りないばかりに、いつもご迷惑をおかけして、申し訳ありません。

あゆぞう　なんでいきなり謝ってるんですか～？

おこぐ　はぁ……（ため息）。今日はよろしくお願いします。

畠中　とんでもないですよ。こちらこそ、お手柔らかに～。

あゆぞう　はい！　任せてください。では、えっと、若だんなの周りにはいつも、〝妖〟という摩訶不思議な生物たちがいますよね。長崎屋の手代を務める仁吉《にきち》さんと佐助《さすけ》さん、鳴家《やなり》、器物が百年の時を経て成るという付喪神《つくもがみ》の屏風《びょうぶ》のぞきや鈴彦姫、獺《かわうそ》に野寺坊。現代で言うところの妖怪たちが。

畠中　なぜなら、若だんなのおばあ様が皮衣《かわごろも》という名の齢《よわい》三千年の大妖《たいよう》だからです。ご自分の代わりに白沢《はくたく》である仁吉さんと犬神《いぬがみ》である佐助さんを遣わして、若だんなに一生大事がないように守ってもらっているのです。

あゆぞう　けれど、お二人の心配の仕方は、常軌を逸しているというか……。以前、太物問屋が火事になった折などは、若だんなを掻い巻きでくるんで避難していましたよ。

畠中　確かに、加減をしらないところはありますね、こと一太郎に関しては（笑）。妖ですから、人間と多少感覚がずれているのは勘弁してあげて下さい。

おこぐ　若だんなが、私たちのような普通の人間の目には映らない鳴家を見ることができたり、付喪神と遊んだりできるのは、やはり血のせいですか？

畠中　そうです。

あゆぞう　もしかして、若だんなって実は妖なのですか？

畠中　そういうわけではないんです。古来より妖とまじわってなされた子は数多《あまた》いますが、生まれたら人として生をうけるのです。ただ、その際、尋常でない力は受け継ぐようですね。一太郎は言うなれば人と妖のクォーターですが、彼は人の身、いつかは死も迎えます。ちなみに、人と妖のハーフにあたる母であるおたえも妖を見ることができますし、彼女は自分の母おぎんが妖ということも知っていましたが、若だんなの父藤兵衛《とうべえ》は、何も知りません。

あゆぞう　若だんなには、生まれてすぐ亡くなってしまったお兄様がいたとか……。

畠中　泣き声をあげることもなく死んでしまったかわいそうな子です。彼こそ、若だんなの出生の秘密の鍵を握る存在です。

あゆぞう　えっ、どんな秘密があるのですか？　教えてください〜。

おこぐ　ダメ！　皆さんの楽しみがなくなっちゃうでしょ。詳細は第一作目の『しゃばけ』をご覧くださいね。

あゆぞう　おこぐ姉さん、最近、ちょっとケチになったんじゃないですか？

おこぐ　うるさいよ、あゆぞう。当然のことを言ったまでです。

あゆぞう　ふぅ、まったく、年はとりたくないものですね……。

畠中　二人とも〜。

◉妖の必然性

おこぐ　ハッ、私としたことが子供じみたちょっかいにのって……。失礼しました。もう少し妖についてお話を聞かせてください。江戸時代は、河童や幽霊など魑魅魍魎《ちみもうりょう》が跋扈《ばっこ》していたというイメージがありますが。

畠中　資料などには、江戸時代の人々は、「妖怪は存在する」と強く信じていたと書かれています。だから妖封じで高名な寺に多額の寄進が届けられたわけですね。実際にホンモノを見た人は少ないと思いますよ。そう信じたいですし。けれども、人々の心に〝妖〟はしっかり刻みこまれ、いまよりずっと身近な存在だったのではないでしょうか。鳴家なんてその典型例。

おこぐ　現代でいうところのまっくろくろすけのような存在ですね。妖に性別はあるのでしょうか？

畠中　あると思います。若だんなが「水に強い、おなごの妖を知らないかい？」と仁

吉に聞いたこともありますし。人との間に子をなすことができるわけですから。

あゆぞう　たしかにぃ。では、鳴家はどちらですか？

畠中　うっ、や、鳴家には性別はないのではないでしょうか……。

あゆぞう　畠中さんは、鳴家を見たことないんですか？

畠中　めっ、めっそうもありません。

あゆぞう　私は飼いたいなぁ、鳴家。や・な・り♪

おこぐ　さっきから気になっていたのですが、畠中さん、もしかして恐がりなんですか？

畠中　こくり（無言）。

おこぐ　そんな畠中さんだからこそ、あんなに奇怪な妖怪をあんなに愛くるしくお書きになることができるんですね。それにしても、敢えて妖ありきの「しゃばけ」ワールドを創られたということは、何か特別な理由があったのですか？

畠中　テーマ自体は、ある日ぽこんと浮かんだものだったのですが、都筑道夫《つづきみちお》先生の『なめくじ長屋捕物さわぎ』の世界観に影響は受けていますね。私、大ファンで、デビューするまでの丸八年、先生の小説教室に通っていたんです。ただ、好きだけれど

も似てしまうのは避けたくて、大道芸人たちの代わりに妖怪を登場させたのです。

あゆぞう　都筑先生はどういう方だったのですか？

畠中　とても厳しい方でした。講評のとき、いつも困ったように「うーん」とおっしゃっているんです。その心は、「これ以上厳しいことをいったら、この子は創作活動をやめちゃうかもしれないなぁ」か、「これ以上言ったらかわいそうだけれども、いい言葉がみつからないなぁ」しかなくて。今回はどちらを選ぶべきかで悩んでいるのが、とてもよく分かるんです。生涯、忘れられない辛い経験ですね。

◉江戸時代の基礎知識

おこぐ　あゆぞうも畠中さんのように辛い経験を乗り越えないと立派な女中にはなれませんよ。

あゆぞう　（鬼婆！）大丈夫ですって。あゆぞうはしっかりやってますよね？　畠中さん！

畠中　……も、もちろんですよ！

おこぐ　お返事までの微妙な間が気になりますが、先に進みましょう。さて、私た

ちがご奉公にあがっている長崎屋は廻船《かいせん》問屋と薬種《やくしゅ》問屋を営んでいます。間口はなんと十間もある大店。廻船問屋は、大坂からの船荷の扱いをゆるされている江戸十組の一つで、菱垣《ひがき》廻船を三艘ももっているのです。お店で働いているのは、三十人ばかりですが、水夫《かこ》などの奉公人の数は数え切れません。薬種問屋は、若だんなのために薬種を取り寄せているうちに商いが大きくなり、一本立ちしたのです。

あゆぞう　あのぅ、間ってどういう単位ですか。

おこぐ　一間は約一・八メートル。間口とは正面の柱と柱の距離のこと。つまり長崎屋の正面は、なんと一八メートルもあるのです。

畠中　江戸時代は間口の広さで税金の額が決められていたので、節税対策のため、正面は狭いけど奥が長いというお店も多かったのです。それを考えると、長崎屋は名実ともに大店だったわけです。

おこぐ　湯殿を持つお許しも特別にいただいていますしね。若だんなが寝起きしていらっしゃるのは店の離れです。具合がよろしいときは佐助さんが給仕なさって母屋で朝餉《あさげ》を召し上がります。私たち女中を差し置いて。それから薬種問屋へ向かい、昼餉は仁吉さんが給仕されます。私たち女中を、差し置いて。午後には日限《ひぎり》の親分さんが江戸で起きた事件について話しにきたり、栄吉《えいきち》さんがお菓子をもってきたりと、意外と来客は多いので、女中たちは大忙しです。

あゆぞう　栄吉さんの三春屋《みはるや》さんと薬種問屋は三間しか離れてませんからね。ちなみに、若だんなの外出に目をつぶってもらえる唯一の場所でもあります。それにしても、栄吉さんが作る饅頭《まんじゅう》は……。食いしん坊の私でも、あの餡《あん》こは。

畠中　餡こがない生菓子の腕は上げているようなんですけれどもね。草団子とか。

おこぐ　跡取り息子としてやっていけるのか、皆、心配しています。

畠中　努力するタイプですから、自分で道を切り開くでしょう。とんでもない新作和菓子を創り出すかもしれませんよ。ちょっとずつとはいえ上達しているわけですし。今は、皆で成長を待ちましょう。

おこぐ　はい。それにしても、若だんなの周辺の人は皆、努力家ですよね。お兄様、松之助《まつのすけ》さんも……。

あゆぞう　おこぐ姉さん、松之助さんのファンなんですよねぇ。

おこぐ　……秘かにお慕い申し上げております。

あゆぞう　畠中さんはどなたのファンですか？

畠中 みんな、自分の子どものような存在なので……。

あゆぞう あゆぞうは仁吉さんです♪　凛々しいお姿を拝見しているだけで幸せな気持ちになるのです。

畠中 仁吉さんはやっぱり人気ですねぇ。

あゆぞう 女中仲間でもファンが多くて困ります。けど、佐助さんも偉丈夫でステキですよね。んっ、佐助さんの身長は六尺足らずですが、ということは？

畠中 一尺は約三〇センチだから、一八〇センチ弱くらい。ちなみに身の丈数寸の鳴家は、一寸が約三センチだから、一〇～一五センチくらいの手のひらサイズですね。

あゆぞう なるほどぉ。時代小説は、言葉がムズカしくって。

おこぐ 勉強し直しなさい！

柴田 お獅子の大きさも、気になりますねえ。

一同 柴田さん～？

◉お獅子に萌え

おこぐ 「しゃばけ」絵師の柴田ゆうさんが、なぜここに？

柴田 おこぐさんが、たまには自分でイラストを持ってこいっておっしゃったんじゃないですか!?

おこぐ あれっ、そんなこと言いましたっけ？ 記憶が……。

柴田 もう、ひどいなぁ。

畠中 まぁまぁ。柴田さん、お獅子はすっかり長崎屋に居つきましたね。

柴田 きゅわ〜。どのような性格なのですか？

畠中 すごく気の好い子で何があっても怒らないのです。付喪神になったばかりでまだあまりしゃべることができず、バフバフとかブベーとか鳴いているばかり。肌触りはふかふかなクッションのよう。

おこぐ 女中部屋にも一匹欲しいアイテムですね。

畠中 けどね、寝相がすごく悪いんです。屛風のぞきが昼寝をするとき、お獅子を枕がわりに使うんですけれども、気が付いたら屛風のぞきは顔をふんづけられちゃうんですよ〜。「何をするんだ！」って叫んだら、今度はお獅子の太い足が口にずぼって入って。

柴田 屛風のぞきとお獅子の戦いの始まりですね。

あゆぞう　鳴家は背中にのって、きゅわきゅわと遊ぶんですかねぇ。

畠中　二匹までは乗れるでしょう。

柴田　妄想が膨らみますねぇ。

◉二人の共通点

あゆぞう　改めまして、スペシャルゲストの柴田ゆうさんです。柴田さんは「しゃばけ」シリーズの絵師で全作品のイラストを描いてくださっています。今回鳴家のおえかき指南までしてくださいました。

柴田　いつも同じ順番で描いているわけではないので、なかなか難しかったです。

おこぐ　柴田さんはどんな道具を使ってイラストを塗っていらっしゃるのか教えていただけますか？

柴田　色鉛筆です。三色くらい重ねている箇所もありますね。

おこぐ　柔らかいタッチは色鉛筆の重ね技だったのですね。ちなみに柴田さんのお気に入りのキャラクターは？

柴田　屏風のぞきさんです。

あゆぞう　では、一番、描きたくないのは？

柴田　白沢さんです。しっぽが……。

おこぐ　なんだかチーム「しゃばけ」の座談会のようになってしまいましたが、最後に、お二人に今後の目標を聞いてみたいと思います。

畠中・柴田　引っ越しです。

あゆぞう　――仕事上で、新しくチャレンジをしてみたいこととかは？

畠中・柴田　何といっても、引っ越しです！

おこぐ　と、とにかく、二〇一一年で「しゃばけ」シリーズはなんと十周年！　私たちもますますご奉公に励まなければなりませんね！

あゆぞう　鳴家たちと一緒にがんばります♪

Before

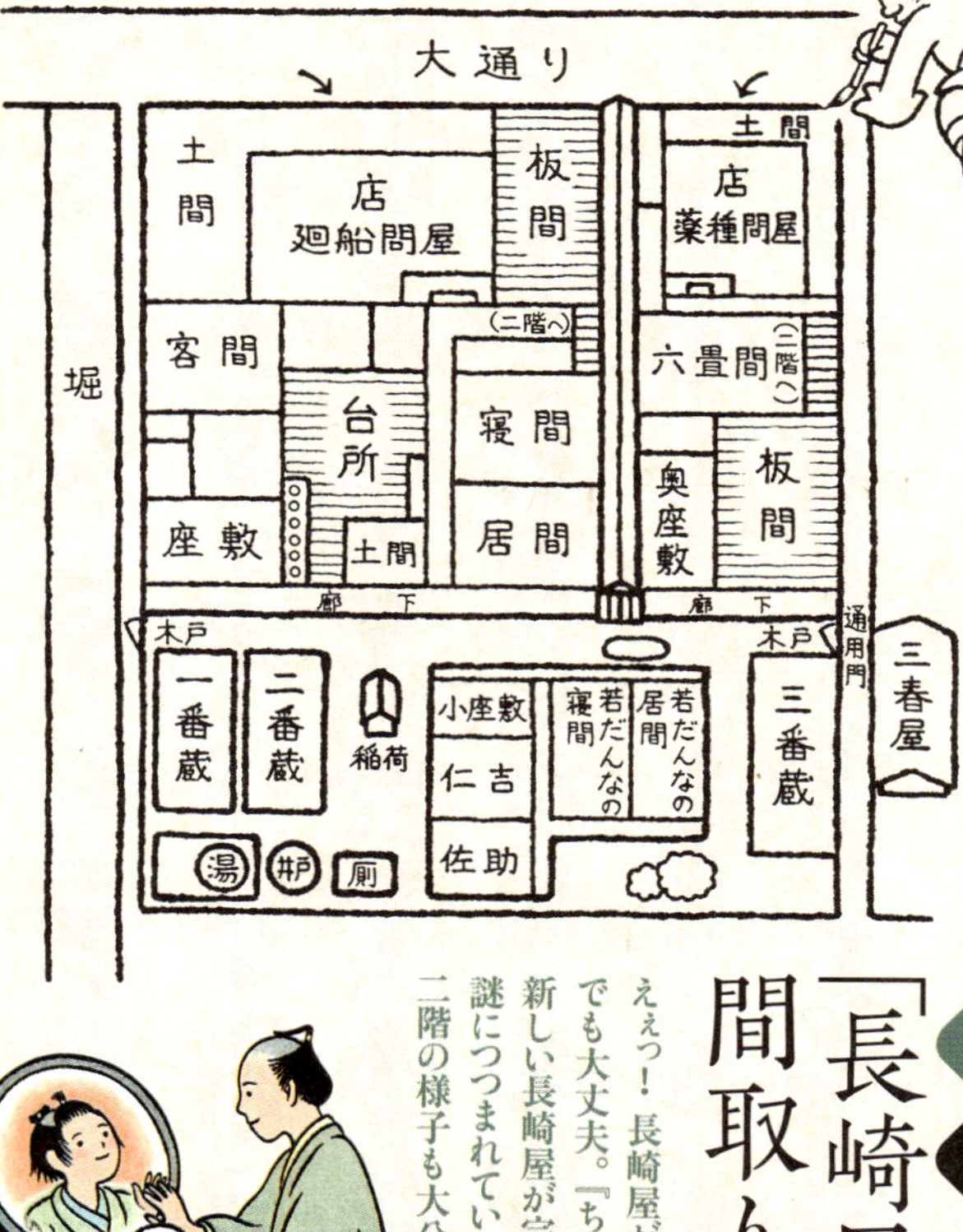

新旧「長崎屋間取り図」

ええっ！ 長崎屋が焼けちゃった!? でも大丈夫。『ちんぷんかん』では新しい長崎屋が完成しました。謎につつまれていた二階の様子も大公開!!

祝・新築!
After
大通り
自慢の土壁も猛火は防げず、今回は板壁に変更
土間
店 廻船問屋
板間
土間
店 薬種問屋
堀
素早い接客のために位置入れかえ
座敷
台所
(二階へ)
六畳間
(二階へ)
寝間
板間
奥座敷
居間
客間
土間
縁側
廊下
木戸
木戸
通用門
三春屋
使い勝手が悪かったので廊下までぶち抜きました
一番蔵
二番蔵
稲荷
小座敷
仁吉
佐助
妖べや
若だんなの寝間
若だんなの居間
三番蔵
湯
炉
厠
厠
足りなかったので増やしました
離れ全体を少し拡張
実は若だんなの結婚生活のため?
窓
二階
番頭さん
番頭さん
小僧たち寝泊まり
(下へ)
小僧たち寝泊まり
(下へ)
手代
手代
物入れ
物入れ
大公開!

知ってる？　知らない？
今と昔じゃずいぶん違う生活の基本
これを読めば「しゃばけ」理解度120%！

時代用語《じだいようご》解説《かいせつ》

「木戸」ってなぁに？

『しゃばけ』の冒頭シーン。

若だんなは、心中で「木戸が閉まる四つまでには店に帰っておきたい」と月もない夜道を急ぎます。その途中、思わぬ事件に遭遇してしまうのですが、「木戸が閉まる」って、一体どういう事でしょう？

江戸時代、日本橋を中心とする町人町は、京都の町をお手本に作られました。町は碁盤の目状になっており、道幅も、通町筋の道路は幅6丈（1丈＝約3メートル）、横町筋は幅2丈、3丈、4丈とされました。そして、60間（約108メートル）四方を一区画とし、ブロックごとに木柵で囲み、町から町へ出入りする際には「木戸」と呼ばれる門を通らざるを得ないように出来ていたのです。

これは町の治安を守ったり、放火を防いだりするための制度で、大坂や京都にもあった制度です。

木戸は「木戸番」と呼ばれる番人によって明六つ（季節により午前4時頃～6時頃）に開かれ、夜四つ（同じく午後9時半頃～10時半頃）に閉められてしまいます。ですので、夜の間は自由な出入りは許されず、木戸番に左右の小さな潜り戸を開けてもらって出入りするのです。

木戸が閉まってから帰ると、なぜこんなに遅くまで外出していたのかなど説明しなければならなかったり、あらぬ疑いをかけられたりと面倒なことも多い（もちろん手代の二人にもやいのやいの言われますし、ね）ので、若だんなは焦っていたというわけです。

若だんなが注文した「五布(いつの)の布団」ってどのくらいの大きさなの？

『ぬしさまへ』の四話目に収録された「四布（よの）の布団」は、長崎屋が若だんなのために注文したものとは違う布団が届いたことから騒動が起きます。でも、「四布」ってなんでしょう？

ついでに「四布の布団」ってどんな布団？

本文では「三布、四布というのは、布団の幅のことで、布三枚幅でとか、四枚幅で、との注文で仕立てられた」とありますから、とにかく兄や二人はちょっとでも若だんなが暖かいように五布の大きな布団を注文したのに、四布の小さな布団が来てしまい、かんかんに怒っているわけです。

では、一体、四布と五布ではどのくらい大きさが違うのでしょう。「布」というのは、布製のものの幅を数える単位で、並幅一枚を一布（ひとの）と言います。一布の幅は辞書によって「30ないしは38センチ」とか「30ないしは36センチ」など、解釈もまちまちです。ここでは、仮に36センチとしましょう。

とすると、若だんなのために注文された布団の横幅は36センチ×5＝180センチ。

縦は、ほとんどどの布団でも同じで1間（約1・8メートル）ほどだったようですから、ほぼ正方形ですね。しかし、いまの布団のサイズでいうとダブルサイズに匹敵しますから、若だんなのなんと贅沢なこと。

それだけ広ければ、さぞたくさんの鳴家も一緒に寝られることでしょう！

たくさんの鳴家に乗られると、若だんなじゃなくても重くて仕方ない？

若だんなの上にわらわらと集まっては、手代さんたちに追っ払われている鳴家ですが、1匹は一体どれほどの重さなのでしょうか。身長は数寸ですから約10センチから15センチほど。そのくらいの大きさの動物と比べてみると、ハムスターのゴールデンは、体長がちょうど鳴家と同じくらいの10センチから18センチで、体重は150グラムから200グラムくらいですから、鳴家もそんな感じなんでしょうかねぇ。江戸時代の重さの単位は以下の通りなので、50匁（1匁3・75グラム）＝187・5グラムくらい。10匹のると、1・8キロ強ですから、身体の弱い若だんなにとっては、さぞや重く感じられることでしょう（笑）。

重さ

1貫（かん）＝1000匁（もんめ）＝約3.75キロ
1匁＝10分（ふん）＝3.75グラム
1分＝10厘（りん）＝0.375グラム

※1匁とは、銭貨1文の目方を文目（もんめ）と呼んだ習慣から定着した言葉。「匁」という漢字は「銭」の古字「泉」の草書で、そもそもは開元通宝（かいげんつうほう）という唐で作られた銭1枚の重さに由来します。

佐助って どのくらい大きいの? 鳴家って どのくらい小さいの?

佐助さんの身長は6尺足らず。ですから、180センチよりちょっぴり小さいくらい。現代なら目立つほどの長身ではないでしょうが、江戸時代の男性の平均身長は150センチ台ですから、かなり大きく感じられたはずです。それに比べ鳴家は、身の丈数寸の小鬼なので、10～15センチくらい。大きな佐助と小さな鳴家が一緒にいる光景を想像するだけで面白いですよね。

長さ

1丈(じょう)＝10尺(しゃく)＝約3メートル
1尺＝10寸(すん)＝約30センチ
1寸＝10分(ぶ)＝約3センチ
1分＝10厘(りん)＝約3ミリメートル
1厘＝10毛(もう)＝約0.3ミリメートル

長崎屋は間口10間の大店です。でも、10間ってどのくらいなんでしょう?

「間口」とは、建物正面の表口の幅のことを言います。1間は、約1.8メートル。ですから、長崎屋は正面の間口が18メートルほどあることになります。一方、若だんなが任されている薬種問屋の間口は3間ですから、約5.4メートル。江戸時代の商家は、間口の広さで税金を決められていたので、間口は狭く、奥に長い商家がたくさんあります。その中で間口が10間もある長崎屋は、名実ともに大店といえるのです（エッヘン！）。

距離

1里(り)＝36町(ちょう)＝約4キロ
1町＝60間(けん)＝約108メートル
1間＝6尺(しゃく)＝約1.8メートル

夜の「五つ」っていつのこと？

若だんなが初めて物語に登場したのは、すれ違う人の影すらない夜の「五つ」。江戸時代を舞台にしたお話を読む時には、まず時刻のルールを頭に入れておくと楽しめます。

おこぐは、だいたい次のように覚えています。

1　夜中12時くらいが「暁九つ」、ほぼ正午が「昼九つ」。

2　「九」から「四」まで、数字が一つ減ると約2時間（一刻）経過。

3　夜明けは「明六つ」、日暮れは「暮六つ」。

だから、若だんなが歩いていたのは日暮れから2時間後、つまり夜の8時くらいかな～と。……って、乱暴すぎですね。詳しくは表をご覧ください。

話がややこしくなる原因は、江戸時代は夜明けと日暮れを基準にして、昼と夜をそれぞれ六つに分ける「不定時法」が使われていたからだと思います。つまり、早くお日様が昇る夏至の「明六つ」は午前4時前と、冬至の日「明六つ」の午前6時過ぎよりずっと早い。だから正確には『「明六つ」は○○時』と決められないんです。

同じ理由で、夏の昼の一刻は、夜の一刻より長くなります。

これとは別に十二支による表示法もあるので、けっこう大変。一番いいのは、この表をコピーして手元に置いてもらうことかもしれません。

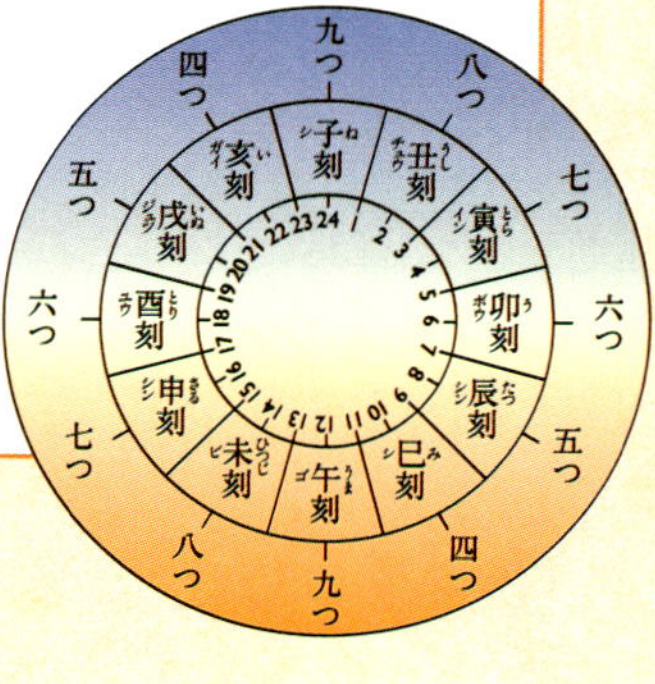

「一文無し」って、どれくらい貧乏？

江戸時代のお金は金貨、銀貨、銭（銅貨）の三種類がありました。金貨でお蕎麦を食べるわけにもいきませんから、一応、それぞれのお金を両替する交換レートも「金1両＝銀60匁＝銭4、000文」（時期によって違いがあります）といったように定められておりました。でも現実には毎日の相場によって交換レートが変わりましたから、このあたりの説明は思いきって省きます。

で、「一文」って今のいくらぐらいなのかと申しますと、それを考える方法は二通りあります。磯田道史さんの『武士の家計簿』（新潮新書）を参考にさせていただきますと、ひとつには現代の大工さんと江戸時代の大工さんの給料を較べてみて、現在の〝感覚〟でお金の価値を示す方法。これだと「金1両＝30万円、銀1匁＝4、000円、銭1文＝47・6円」になるそうです。もう一つは現在のお米の値段をあてはめて割り出す方法で、これだと「金1両＝55、555円、銀1匁＝666円、銭1文＝8・8円」だとのこと。

『一目でわかる江戸時代』（小学館）という本に書いてありましたが、もっとザックリ解説するには上の二つの間をとって、「金1両＝16万円、銭1文＝25円」というのも手みたいです。これだと、江戸時代の大福餅の値段（4文＝100円）や、蕎麦・うどんの値段（16文＝400円）もしっくり来ますね。ちなみに銀貨は上方を中心とした西日本で主に使われたのだそうです。

さて、「ねこのばば」で若だんなが涼しい顔で口にした長崎屋から広徳寺への護符の礼は25両、寄進が10両。締めて35両＝560万円もの大金とは、さすがです。

「鬼と小鬼」（『ちんぷんかん』収録）で、三途の川の渡し賃たった6文＝150円が払えなかった青信先生は、ちょっとお気の毒と申しますか……。

対談

世界を訪れ、物語を追いかける

上橋菜穂子×畠中恵

お互いの作品の大ファンである、ということで実現した、上橋菜穂子さんと畠中さんの夢の顔合わせ。当代きっての人気作家のお二人は、初対面にもかかわらず、すぐに意気投合！　デビュー秘話について、創作について、本音で語っていただいた貴重な対談をどうぞお楽しみください。

膝の上の物語

上橋　いま講義を終えてきたばかりなんですけど、大学生たちに「しゃばけ」知ってる？って聞いてみたんです。そうしたら、百人くらいいる学生のほとんど全員が知っていて。読んでる人もかなりいましたよ。

畠中　上橋さんは、先生をされていらっしゃるんでしたね。たくさんの人の前でお話しできるということだけで、尊敬してしまいます。

上橋　授業をするのは楽しいんですけど、事務仕事がすっごく苦手なんですよ〜。

畠中　テストの採点なんか、たしかに大変そうですね。

上橋　そう、大変なんです（笑）。ところで、一度畠中さんに伺ってみたかったんですけど、「しゃばけ」ってファンタジーだと思って書かれていらっしゃるんですか？

畠中　シリーズ一作目の『しゃばけ』は、新人賞に投稿するために書いたものだったんです。実際に執筆しているときには、ファンタジーを書いているという意識は全くありませんでした。書きあがってから、さて、どこに応募しようかなと。ミステリー系の新人賞に送っても、妖《あやかし》が出てくるので、はねられてしまうかもしれない。かといって、SFや純文学とも違う。それで、日本ファンタジーノベル大賞に、ここなら門前払いはされないだろうな、と考えて出しました。

上橋 そうだったんですか。でも、それはすごくよくわかります。私も、「ファンタジー」や「児童文学」を書きたいと思って書いてきたわけじゃないので(笑)。

畠中 そうなんですか!

上橋 児童文学を扱っている出版社に原稿を持ち込んでデビューしたので、書店の図書分類が児童文学になったのだけど、トールキンの『指輪物語』、サトクリフの歴史物語、『ゲド戦記』など、私が好きで、そういうものを書きたいと思っていた物語が児童文学に分類されていたので、その「枠」に持ち込みをしただけで。だから私も畠中さんと同じように、執筆中にファンタジーや児童文学を書いているという意識はないんですよ。

畠中 物語のジャンル分けって難しいですよね。それこそ、ファンタジーノベル大賞でデビューされた方たちも、純文学やSF、時代ものなど、デビュー以降に書かれている小説が、あらゆるジャンルに広がっています。

上橋 伝説や神話とも少し違うけれど、「ファンタジー」と括られている物語は、一番古い、むかしからあった物語の形式に近い気がしているんです。「しゃばけ」を読んでいると、むかし、おばあちゃんが膝の上に私をのせて、面白い話を聞かせてくれたときのわくわくする感覚を思い出して、とても心地いいんです。

イメージが降ってくる

畠中　私もファンタジーと呼ばれているもの、たとえば『指輪物語』なんかを読むのはとても好きだったんです。世界をまるごと構築する、ということに憧れもあって。自分でもそれをやりたいなあと思ってもいるんです。ただ、いざやるぞと考えたとき、時間や物の単位なんかをゼロから創っていき、説明的じゃないやり方で、読者の方に伝えるのが大変そうで、なかなかできずにいるんですけど。上橋さんの「守《も》り人」シリーズは、王国ごとに世界の決まり事が違っていて、しかも読んでいるとすんなりと頭に入ってくる。書き始める前に、設定や物語の全体的な構想をきっちりと作られているんですか？

上橋　それが、全く作っていないんです。編集者の方にも、全部書き終わった段階で初めてお見せします。だから担当の方も、どういう物語を私が書いているのかいつも知らないんです。

畠中　それは、すごいですねえ。

上橋　いきなりイメージが頭に降ってくる。強烈なイメージが三つくらい重なって、物語の全体像が形になって見えてきたら、一行目から書き始めるんです。メモをとると書けなくなるというジンクスがあるので、何かに書きつけるということもしないんです。たとえば、ある日車を運転していたら、こんなイメージが降ってきました。崖の上に女の人が立っている。目を閉じて、竪琴を弾いている。夜であたりは真っ暗。風が強く吹いている。向こう側の暗闇には、たくさんの目が見える。あそこに何かいるとすれば、これは相当に大きな獣がいるに違いない。そうか、この女の人は、獣を眠らせようと思って竪琴を奏でているんだ。そう思ったんですが、イメージはそこで消えてしまった。それ以外何も思い浮かばなかったから、放っておいたんです。しばらくたって『ミツバチ　飼育・生産の実際と蜜源植物』という本を読んだら、蜜蜂に興味を抱く女の子の姿が浮かんできました。そこで、つながったんです。この女の子が、いずれ竪琴を弾く女性に成長するんだって。どんどんイメージが降ってきました。そうして出来上がったのが『獣の奏者』です。

上橋菜穂子《うえはし なほこ》

川村学園女子大学教授。文化人類学者として、オーストラリアの先住民アボリジニの研究を続けている。1989年、『精霊の木』でデビュー。他の著書に、『精霊の守り人』（野間児童文芸新人賞、産経児童出版文化賞、バチェルダー賞）、『闇の守り人』（日本児童文学者協会賞）、『夢の守り人』（路傍の石文学賞）、『神の守り人』（小学館児童出版文化賞）、『天と地の守り人』、『狐笛のかなた』（野間児童文芸賞）、『獣の奏者』などがある。2002年、「守り人」シリーズで巖谷小波文芸賞受賞。

世界を訪ねる感覚

畠中　おお！　あの物語は、そうやってできたんですか。なんだか恰好いいです。

上橋　畠中さんは、どういう感じで、小説を書き始められるんですか？

畠中　私は、最初に、いろんなシーンだったり出来事だったりのメモを書きますね。

上橋　メモは、文章の形で書かれる？

畠中　最初は小さなノートに、箇条書きで並べていきます。そこから矢印を伸ばして、

イメージを広げていく。それを、上半分をあけておいたスケッチブックの、下の部分に書き写しながらつなげていきます。後でまた読み返して、上の空白のところに訂正をいれていく。最後にそれを章ごとにまとめていって書き出す。でも結局、そこで作ったものとは、全然違うものを書いているんですけど（笑）。

上橋　わかる、わかる！　その感覚、すごくわかります。

畠中　どうせ違っちゃうんだからと、何も作らずに書こうとしたこともあるんですけど、そうすると、どうもうまく書けない。あるとき、ふと気がついたんです。メモをたくさん作ることは、何度も登場人物たちのいる世界を訪れることなんじゃないかって。その世界を訪問して、もぐり込んで、人物たちにふれて、またこちら側に戻ってくる。それを何回かやっておくことが、大事なんだなあと。毎回、構想とはズレていきますけど（笑）。

上橋　ズレていく、というのはストーリーが変わっていったり、登場人物の性格や行動が考えていたものと違ってくるということですか？

畠中　登場人物はあまり変わらないですね。ただ、言うことを聞かなくなって、暴れ始めたりしますけど。そういうときは、もう動かないでってお願いしても、だめです（笑）。

上橋　おまえはもう死んでいるっていっても、死なないみたいな（笑）。

畠中　不思議なんですけど、想像していたお話が崩れていって、あっちにいったり、こっちにいったりしながら、そこだけは動いちゃいけないという場所に、最後には落ちていってくれるような気がしています。

物語の着地点、小説の長さ

上橋　お話を伺っていて、畠中さんは物語の落ち着く場所がしっかりと見えていらっしゃるように感じました。だから、面白い短編がお書きになれるんでしょうね。

畠中　新人賞を受賞して次に書いたのが四十枚の短編で、その次が二十枚のものだったんです。

上橋　それは、短い！

畠中　思わず、「二十枚って小説ですか？」って聞いてしまいました。そうしたら、担当の方が「そうです！」とおっしゃって。

上橋　私は、いままで一度も、枚数制限があるものを書いたことがないんですが、難しくなかったですか？

畠中　同じくらいの長さの小説がないか探したんです。そしたら、アシモフが書いているのを見つけて。どういうタイミングでお話が転換しているのか、構成を分析しました。

上橋　それは作家修業として、すごく大切なことをされましたね。

畠中　一回で十分です（笑）。

上橋　私は完璧に「長編」人間なので、どういう風に物語が展開していくのか、最初からは見えていないんです。バルサやチャグムと一緒に、悩みながら進んでいく。この山、越えられるかな、海の向こうに何があるかなって。いいかえれば、いつ終わるのかもわからないんです。それで、編集者の方をお待たせすることになってしまう。『狐笛《こてき》のかなた』をお渡しした担当の方は、『精霊の木』で私がデビューした瞬間にお仕事を依頼してくださったんですが、当時は独身だったその方が、結婚して、子どもができて、その子が小学校にあがったくらいのときに、「すいません、書けました」って言ったら、「なにがですか？」って（笑）。

さじ加減のバランス

畠中　素朴な疑問ですけど、物語の世界を構築されるときに、苦労されることってなんですか？

上橋　畠中さんもおっしゃっていたけど、時間の概念などを説明的に書かないようにするのが難しいですね。この世界ではこういう具合に一時間が決められてるなんて説明しちゃうと、意識がぱっと物語の外に出ちゃうから、時間や世界の成り立ちなんかについては、全部、物語のなかでぶつかったときに考えるんです。歩幅や日の光の傾き方など、登場人物の肌感覚に寄せて、説明的にならないように描いていくよう心がけてます。時代ものを書かれるときは、逆に資料がたくさんあって、大変なんじゃないですか？

畠中　資料を読むのは好きなので、そんなにきついという感じではないんですけど、この前、武家ものをやったら大変でした。正しい賄賂の渡し方がわからんぞと（笑）。そういうときは、専門家の方にお話を伺いにいくこともあります。

上橋　私も『獣の奏者』では、猛禽類《もうきんるい》を診ておられる獣医さんや、音響工学の先生などに監修をしていただきました。話を伺って、あることが成立しないのが分かり、クライマックスシーンを全部書き直したこともあります。今度出る外伝では、イアルとエリンの同棲時代やエサルの若き日の恋を描いているんですが、エリンの出産シーンがあるので、産婦人科医さんに監修をお願いしました。

畠中　いま明治時代の小説を書いていて、薩摩弁が出てくるんです。辞典を参考にしていたんですが、そのまま書いちゃうと、何を言っているのか分からない。書いた自分にも分からない（笑）。

上橋　どこまで考証に従うべきかというさじ加減が、難しいんですよね。「しゃばけ」シリーズは、全ての距離感が、いい意味で洒落《しやれ》ている。時代考証だったり、登場人物同士の関係だったり、全部のバランスがいい。だから読んでいて気持ちがいいし、ここにもう一回行きたいという気持ちになるんじゃないかなと、感覚的に思います。

畠中　ありがとうございます。

物語を追いかける

上橋 講演会のときに客席から、失礼かとは思いますがと前置きがあって、「売れるように書こうと思いますか」という質問があったんです。尋ねられた瞬間、なんというか、物語を書く行為にまつわる「感覚」の差に愕然《がくぜん》としちゃったんです。その答えられない感覚をうまく表現するのは難しいんですけど、物語というのは、自分の思い通りには決してなってくれない。私の場合、物語の方が主人なんですよ。物語が勝手に生まれて育って、それを追いかけているようなイメージ。畠中さんも弱い男が受けるからと考えて、若だんなを病弱なキャラクターにされたわけじゃないと思うんですけど。

畠中 いろいろな場所で聞かれることもあって、その度に、こうなんですって理由をつけてお話をしているんですが、本当のことを言っちゃうと、ああだったから仕方がないんです、としか言えないんですよ（笑）。

上橋 それがやっぱり、本音ですよね。登場人物について、どうしてそういう性格にしたのかと問われること自体が、私にはすごく不思議に感じられるんです。

畠中　私は『蒼路《そうろ》の旅人』に出てくるヒュウゴがすごく好きなんですよ。

上橋　ありがとです！　いい男ですよねぇ（笑）。『蒼路の旅人』は、「守り人」シリーズで一番だといってもいいくらい難産だったんです。執筆時に、ちょうど博士論文を書いていたというのも理由のひとつではあるんですけど、前作から時間を置いてしまったので、リズムが途切れて、最後のシーンが出てこなかった。そしたらある時突然、チャグムがとんでもないことをするイメージが見えて、あ、そうだった、これだったんだ！　と気づいてやっと物語が生まれてきたんです。

畠中　なるほど。今度出た『ゆんでめて』は、構成の点でだいぶ遊びをいれた作品になっています。左と右に分かれた道があって、若だんながそのどちらかを選んで進む。物語が終わりに近づくにつれ、四年前、三年前、二年前、一年前と、時間が下っていって、最後にまた……。

上橋　えっ、すごく難しいと思いますけど、その構成！

畠中　やって後悔しました（笑）。

上橋　でも、楽しそうですねぇ。そういう発想から物語が生まれてくるというのも、畠中さんらしくていいな（笑）。

（「波」二〇一〇年八月号掲載）

すべて見せます！ しゃばけグッズの歴史

2005年から、しゃばけシリーズの刊行にあわせて行ってまいりました「しゃばけ祭り」では、ファンの皆さまのために、様々な読者ぷれぜんとをこしらえてまいりました。ここでは特別に、今では入手不可能のレアなしゃばけグッズをすべてお見せしちゃいます！

鳴家手ぬぐい
（2005年12月）

ホームページ「しゃばけ倶楽部」の開設と、文庫『ぬしさまへ』の発売にあわせて作られた、記念すべき初のしゃばけ読者ぷれぜんとは……みんな大好き、鳴家のプリントされたかわいい手ぬぐいでございました！　今よりもちょっと初々しい（?）鳴家たちのダイナミックな動きが楽しいですねえ。

しゃばけ扇子

（2006年5月）

単行本『うそうそ』の刊行にあわせて作られたのは、江戸の風流を感じさせる扇子でした。本格的な作りの扇子にバーチャル長崎屋の奉公人たちも大満足。『うそうそ』ではじめて登場し、のちにすっかり長崎屋の妖の一員となったお獅子の柄と、鯉にまたがった鳴家の柄の、二種類が作られたんです。

しゃばけ大福帳

（2006年12月）

大福帳って何か知ってます？　江戸の商家で使われていた、商売用の帳面のことなんです。見ての通り、大店長崎屋にふさわしい堂々たる作り。当選した皆さまは、メモ帳やノート、日記などなど、自由に活用してくださったみたいです。文庫『ねこのばば』と絵本『みぃつけた』の刊行にあわせてできたグッズです。

鳴家ストラップ

（2007年12月）

かわいい！　そんな悲鳴が聞こえてきそうな鳴家ストラップは、文庫『おまけのこ』、単行本『しゃばけ読本』の刊行を記念して作られました。携帯だけじゃなくて、かばんや筆箱につけても素敵。布の素材感を活かし、ぷくぷくとした柔らかい手触りにするために、デザイン担当の平の親分、おきみさんたちも相当苦労したみたいです。裏も凝っているんですよ。

しゃばけブックカバー

（2008年7月）

単行本『いっちばん』の発売にあわせ、単行本サイズで作られた大き目のブックカバーです。鳴家のワンポイントはなんと刺繡されていて、とっても上等な作りでした。若草色の色合いも落ち着いていて江戸の雰囲気をかもしています。当選した皆さまはきっと、みんなに自慢したくなったでしょうね！

妖てぬぐい

（2008年12月）

『うそうそ』の文庫化記念で作られた妖てぬぐい。屏風のぞき、猫又のおしろ、そしてろくろっ首と、三種類の絵柄で作られました。プリントではなく、贅沢にも染めぬかれていて、デザインも大人っぽさを重視。長年愛用できる小粋で本格的な品となりました。皆さまにはどの色が当たったかな？

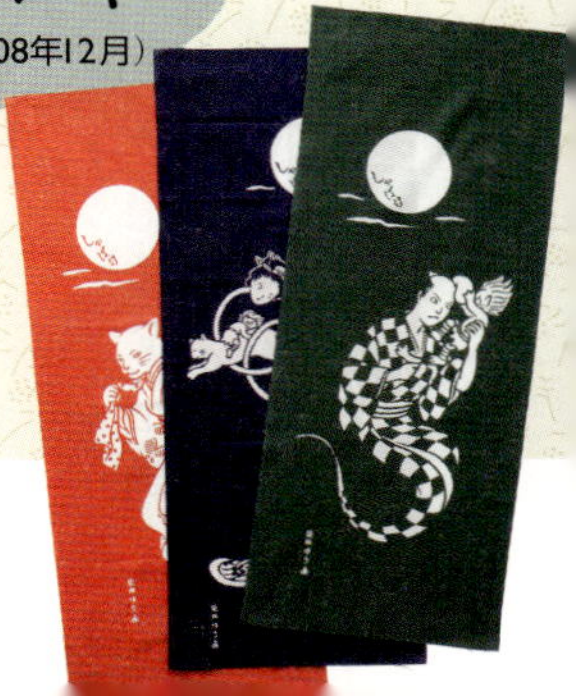

しゃばけ江戸うちわ
（2009年7月）

うちわと言っても、あなどるなかれ。この江戸うちわは、竹でできており、すべて手作業で作られた高級品。お江戸の頃は、歌舞伎役者の似顔絵やその他さまざまな絵が描かれていたそうですが、もちろんこのうちわの主役は決め顔の鳴家です。単行本『ころころ』の刊行記念のぷれぜんとでした。

しゃばけカレンダーデコシール
（2009年12月）

全国のしゃばけファンの皆さまが待っていた「しゃばけカレンダー」が初めて発売されたこの年。『ちんぷんかん』の文庫版発売にあわせたぷれぜんととして、カレンダーをより楽しく自由に使っていただくために、予定をぺたぺた貼付けられるシールを作りました。これを使えばあなたの毎日もしゃばけ色に!?

しゃばけ扇子

（2010年7月）

大人気につき、ふたたび登場の扇子です。単行本『ゆんでめて』の刊行、そしてファン待望のしゃばけオンラインショップ、神楽坂屋の開店を記念して作られたお品を皆さまにぷれぜんと。紳士用、婦人用の二種類があります。
※この扇子のみ、しゃばけオンラインショップにて入手可能です。

その他のレアグッズ

読者ぷれぜんとではなく、書店用のレアグッズもご紹介してしまいましょう。しゃばけカンバッジは、しゃばけシリーズを熱烈応援してくださる書店員さんへの感謝のためにつくられたグッズ。そして、2008年末に登場した、しゃばけカードカレンダーもレアものです。書店の店頭でお客さまにご自由にお持ちいただいたのですが、瞬く間になくなってしまったとか。カルタみたいな作りが粋でしょ。

ここで紹介したグッズは、現在入手不可能ですが、がっかりするのはまだ早い！ 次頁からは、神楽坂屋の番頭、ねい吉さんが、皆さまがご購入していただける「しゃばけオンラインショップ」をご案内いたします。

しゃばけオンラインショップ
神楽坂屋 開店しました！

しゃばけ倶楽部　検索

http://www.shinchosha.co.jp/shabake/

いらっしゃいらっしゃい～、取れたて新鮮な「しゃばけグッズ」がねっと上でお待ちしてますよ～。絶対よそじゃあ買えない〝おりじなる商品〟だよ！

……てなわけで、「しゃばけオンラインショップ　長崎屋分家神楽坂屋」の番頭を務めております、ねい吉と申します。バーチャル長崎屋および『しゃばけ読本』をご覧の皆様には初のお目通りです。

え？　「しゃばけオンラインショップってなんだ？」ですって？ご存知無い方は、まずは騙されたと思って検索してご覧くださいな。

1 しゃばけ特製扇子 短地45間絹製

紺&白　各税込3990円

2 しゃばけ特製 がま口

赤&緑&紺　各税込1890円

小さな化粧品を
入れるのにもピッタリ

3 しゃばけ特製 はまぐり巾着

赤&緑&紺　各税込1155円

4 しゃばけ特製 タオルハンカチ

赤&緑&紺　各税込1155円

5 しゃばけ特製 小風呂敷

赤&緑&紺　各税込1050円

お弁当包みにも
最適

6 しゃばけ限定 額装ジークレー

宝船&柚子湯　各税込18900円

パソコンからでも携帯からでも、アクセスは簡単。覗《のぞ》いてみれば、そこはめくるめくしゃばけグッズの世界です。開店ラインナップとして用意したのは、色違いも1種類と数えて次の16種類。

❶しゃばけ特製扇子　短地45間絹製（紺&白　各税込3990円）
❷しゃばけ特製がま口（赤&緑&紺　各税込1890円）
❸しゃばけ特製はまぐり巾着（赤&緑&紺　各税込1155円）
❹しゃばけ特製タオルハンカチ（赤&緑&紺　各税込1155円）
❺しゃばけ特製小風呂敷（赤&緑&紺　各税込1050円）
❻しゃばけ限定額装ジークレー（宝船&柚子湯　各税込18900円）

雲間や水面に鳴家が楽しそうに遊ぶデザインを、絹製の高級扇子に載せた❶。色鮮やかな格子柄をバックに、鳴家が縦横無尽に跳ね回る和小物4種シリーズの❷〜❺。柴田ゆうさんの優しくキュートな挿絵原画のタッチを、高級精細印刷（ジークレー）で再現した❻。なかなかバリエーションに富んだ品揃えになっている、と思います。

では、今回は皆様へのご挨拶を兼ねつつ、「しゃばけオンラインショップ　長崎

屋分家 神楽坂屋」の誕生と今日に至るまでを、お話しましょうか。

「しゃばけの可愛い挿画を使って、グッズを作れないかな（かしら）？」

これは、リアルねい吉（新潮社・開発部）とリアルおこぐ（新潮社・出版部／バーチャル長崎屋の女中頭）が、ほぼ同時に発した声。ねい吉は、それまで〝キャラクタービジネス〟というものを手がけてきてまして。主にコミックのキャラクターを使ったグッズ（Zippoライターとか複製原画とか）を作り、ネットで販売していたんです。これが結構、人気を呼んだりしてたものですから、新潮社有数の大人気コンテンツである「しゃばけ」でもやってみたい。一方おこぐはおこぐで、ずっと前から「しゃばけのグッズが欲しい！」と社内外で大騒ぎ（笑）。若だんなが妖を呼びよせるように、互いの目的が一致したってわけです。それは平成22年の春、まだ浅いころのこと。

そこからは何を、どう作ろうかと頭を悩ませる日々。ただ売れればいいって了見じゃあいけません。しゃばけの作品世界を損なうことなく、皆様に喜んでもらえないと……「それじゃあおたくっぽい」「鳴家の可愛さが生きない」などと番頭、女中、丁稚《でっち》が入り乱れて喧喧囂囂《けんけんごうごう》、侃侃諤諤《かんかんがくがく》の議論。結果、「和」テイストを生かしたも

の、柴田さんの絵の可愛らしさをいかしたものをという観点から、前述の商品群を目指すことに。

さらに実際に和小物を製作してくれる業者さんを探し、商品デザインに入ったところで、また難航。外部のデザイナーさんには、なかなか〝しゃばけの世界観〟を理解してもらえない。何度も何度も修正が続くなか、現れた救世主がおきみ（新潮社・宣伝部）。しゃばけの宣伝物を一手に手がけてきた長年のキャリアで、「あの絵とこの絵を使って、こんな感じでやればいいんじゃないの？」と快刀乱麻。見る見るデザインが良くなって行くのだから、やっぱり秋刀魚《さんま》は目黒に、しゃばけは新潮社に限る（？）。畠中さん、柴田さんにも快く「OK」を頂けました。

とはいえ商品サンプルにミスがあったり、お盆休みで進行がストップしたりで、その後も一進一退、いや一歩前進二歩後退。単行本『ゆんでめて』発売（平成22年7月28日）と同時の「しゃばけオンラインショップ」オープンに間に合うか？　猛暑なのに冷たい汗が背中を流れたもんです。

そんなこんなで、なんとかたどり着いた開店日。少なからぬ不安のなか、いざ蓋を開けてみれば、予想を上回るご注文をいただきました。本当にありがとうございます（感涙）。これからも、常に進化する「しゃばけオンラインショップ　長崎屋

分家 神楽坂屋」を末永く御贔屓《ひいき》いただけますよう、よろしくお願い申し上げます。

ん？ 何やら声が。

「ねい吉さ〜ん、次はしゃばけクリアファイルが欲しいよ〜（両手いっぱいにグッズを抱えながら）！」

物欲が炎上中のおこぐはとりあえず置いておいて、最後にバーチャル長崎屋やしゃばけオンラインショップへ多数寄せられた読者の皆様方のご質問に、この場を借りてお答えしておきます。

Q　しゃばけグッズはインターネット経由以外では買えないのですか？

ねい吉　今のところ、人員の問題もありましてネット販売のみ（決済方法はクレジットカードか代金引き換え）。ただし「しゃばけカレンダー2011年版」だけは、書店でもお求め頂けます。

Q　iPhone等、スマートフォンからもしゃばけオンラインショップは使えますか？

ねい吉　ブラウザでインターネットに接続する端末であれば、大丈夫です。

Q 今後の商品企画と、発売時期を教えてください。

ねい吉 この文庫版『しゃばけ読本』発売と同時に、新商品が何種類か既に出ている、はず（冷汗）。今後はしゃばけの夏の単行本と冬の文庫本発売に合わせて、新商品を出していく予定。もちろん畠中さんと柴田さんのご許可を頂いてからですが、皆様から寄せられているリクエストは、ストラップ（根付）、手ぬぐい、印籠（ピルケース）、便箋、封筒、マグカップ、花札、ぬいぐるみ、ボールペンなどなど。変わったところでは、あぶらとり紙（笑）なんてものも。発売が決まったものから、随時「しゃばけオンラインショップ」（会員にはメルマガ発行※）や「しゃばけ倶楽部」（公式HP内）でお知らせします。

Q いったん売り切れになった商品は、再生産しないのですか？

ねい吉 よほどのことがない限りしません。ですので、お求めはお早めに（笑）。

※「しゃばけオンラインショップ」は、新潮社公式ECサイト「新潮オンラインショップ」の一コーナーです。会員登録は、「新潮オンラインショップ」でお願いします。

根付《ねつけ》制作現場を見に行こう!

煙草《たばこ》入《いれ》や印籠《いんろう》や巾着《きんちゃく》に
紐《ひも》でつなげた細工をつけて
帯から吊す留め具にする——。
美術品としても人気の根付は、
こんなふうに作るんです!

▲根付師・向田さんの作業机

▼根付の大事な材料
絡まり合う鹿の角

みなさん、こんにちは。バーチャル長崎屋奉公人のリアルおこぐでございます。

先日、畠中さんとおこぐと博吉は、「しゃばけ」ファンだとおっしゃってくださる根付師さんのお仕事場を拝見しに、都内某所《ぼうしょ》に行って参りました。

おこぐにとって不得手なことは星の数くらいたくさんあるのですが、長いことそのランキングの上位に位置しているひとつに、「電車の乗り換え」というのがあります。

半泣きになりながら「なぜ自分が今この駅にいるのか分からない！　駅すぱーとが言う通りにしたはずなのに！」と地団駄を踏んだこと、数知れず。

ですから、今日という今日は間違えない！　という強い意志のもと、薄ら笑いを浮かべる博吉を無視しつつ通り過ぎる駅ごとに間違っていないか指さし確認をしながら正しい乗り換えをし、お約束の駅には、待ち合わせの五分前に着きました。

ところが畠中さんを待つこと五分。いつもはものすごく時間に正確な畠中さんが約束の時間にいらっしゃいません。珍しいこともあるものだなぁと思っておりますと、畠中さんから着信が。

畠中さん「あのあのあの、えっと間違っちゃったんですよっ！　いま、あのえっとうーん、×××っていう駅にいて、どうしてここにいるのかっていうと、よく分からないんですが、あのその電車をですねぇ」

おこぐ「慌《あわ》てなくても大丈夫です。先方にはおこぐが電話して遅れることを伝えますから〜」

畠中さん「あ、電車来た！　あ、でもこれ乗っちゃダメだ！　うーん、とにかくいますぐ向かいますからっ！」

いつもはおっとりのんびりの畠中さんなのに、ものすごく慌てた電話が切れてから三十分後、「すいませ〜ん!!」という叫び声と共に畠中さんが階段を駆け上がっていらっしゃいました。

駅から根付師さんのお宅までは徒歩五、六分。駅から一本道をはいると緑が多く、グンと静かです。なだらかな坂道が続き、高い建物もないせいで空が大きい感じ。ものすごくいい気分で歩いていると、隣で博吉がぶつぶつ「大きな家、大きな家」と呟いています。

おこぐ「さっきから、何ぶつぶつ言ってるの？　大きな家って、この辺どれも大きな家ばっかりじゃない」

博吉「でも、地図に大きな家の角を曲がる、って書いてある」

のぞき込むと、確かに【大きな家の角、右に曲がる】と書いてあり、大きな家のイラストが。

「どれもこれも大きいけどねぇ。分かるかなぁ、大きな家」と言いつつきょろきょろしていると、右手にものすごく大きな家が見えてきました！　誰ともなく「あれだ！」と無事、大きな家の角を右に曲がり、ようやく根付師さんのお仕事場にたどり着いたのでした。

ピンポーン。

❖美人根付師登場！

そのすてきな一軒家のチャイムを押すと、

「お待ちしてましたー、すぐに分かりましたか〜。向田陽佳《むかいだようか》です！」

と私たちを迎えに出てくださったのは、にこにこした美人。根付師の向田陽佳さんです。

「今日はようこそおいで下さいました、母も私もシリーズの大ファンなので、いらしてくださるのをとても楽しみにしてたんですよ〜、ささ、どうぞ。こっちにお茶を用意してありますから〜」

と、とってもフレンドリーです。

さて、応接間で美味《おい》しいお茶とお菓子をご馳走《ちそう》になり、遅れてしまったお詫《わ》びとご挨拶《あいさつ》をしてから、さっそく向田さんのお仕事場に案内していただきました。

お仕事場は、ご自宅の地下一階。

向田さん曰《いわ》く「この地下室はメードルームだったらしいんですよ。だから、北向きだし、小さいんですけど、そこが根付制作にはぴったりなんです」

とのこと。

確かに北向きにとられた大きな窓からは柔らかな自然光が差し込んできていて、一日中光の方向が変わらないという利点がありそうですし、大きすぎないという

のも、工具やヤスリを作業机に座ったままとれるので便利そう。

四畳半ほどのお部屋には、根付制作に必要なモノたちがぎっしり！　あまり見慣れないモノたちがわさわさ置いてあって、ひとつひとつを指さしては
「これ、なんですか？」

「触っていいですか？」

と向田さんを質問攻めにする畠中さんとおこぐ&博吉。ドシロウトの質問にもかかわらず、向田さんはすべてにわかりやすい解説を付けてくださいます。

❖興味津々、根付制作現場突撃ルポ！

お仕事場に足を踏み入れて一番はじめに目を引いたのは、絡まり合う「ナニカの角」。コレラはいったい何なんでしょう？

「これはエゾ鹿の角です。置き場がなくてこんなところで絡まってます（笑）」

と、向田さん。

畠中さんは興味津々。目は皿のように、耳はいつもの一・五倍くらいの大きさになっておいでのご様子です。触ってみると角はひんやり冷たくて、もちろんの

こととても堅い。これらを削って根付にするわけですが、根付の材料としては、鹿の角の他に象牙《ぞうげ》、木片なども使われるそうです。
根付といえば、象牙。現在では非常に貴重で高価になってしまった象牙を見せていただくと、なぜだか真ん中にぽっかり穴が空いています。
れれれ、これって象牙の不良品？

向田さん「いえいえ、これこそホンモノの象牙の証拠なんですよ（笑）。角っていうのは、象であれ、鹿であれ、真ん中に穴や鬆《す》が空いているものなんです。この穴の中に神経なんかが通っているのでしょう」

畠中さん「ほぇ〜。言われてみれば当たり前ですけれど、見てみないとちょっと想像つきませんでした。こんな風に穴が空いてるものなんですねぇ」

おこぐ「やや、本当。これは面白い！　大きく見える象牙でも、こんな穴が空いていたら、そんなに大きな根付は作れませんね」

向田さん「そうなんです。ですから、この穴を利用して指輪を作ったり、角の元の方はバングルにしたりします」

畠中さん「なるほど～、貴重な材料ですからとことん無駄にしないように工夫なさるわけですか」
向田さん「そうです。大きいものや小さな破片まで、作るものの形状によって、持っている材料のどの部分を使うか決めるんですよ」
博吉「で、こっちのお机で細工をなさるんですね。彫刻刀がいっぱいありますが、これはもしかして手作りでしょうか」
向田さん「はい。自分で作れる道具は手作りしています。こんな感じで普段作業するんですよ」
博吉「彫刻刀の他に手作りしてらっしゃる道具って、どんなのがあるんですか」
向田さん「今は紙やすりひとつにしてもたくさんの種類が出ていますから、ホームセンターなんかに行けばいろいろ選べますが、やっぱり根付作りには昔ながらの道具のほうが使い勝手がいいことが多いんです。たとえば、これ、なんだかお

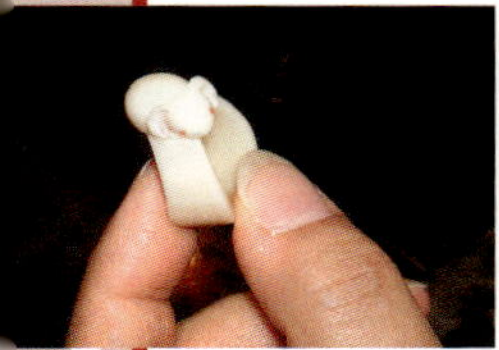

▲穴の大きさを生かして指輪を制作

▲象牙の真ん中にこんなに大きな穴が空いていることを初めて知りました

▲鹿の角にあいた神経が通っていた「鬆《す》穴」

分かりになりますか？」

畠中さん「えっと、どこかでみたことあるような……」

おこぐ「これは乾燥した草の茎です！」

博吉「ばかっ。そんなこと誰だって分かるだろっ。何の草の茎か聞かれてるんだよっ」

向田さん「これは砥草《とくさ》の茎を塩茹でしてから乾燥させたもので、ヤスリとして使います。ちょっと触ってみてください」

畠中さん「なんかざらざらしてます！」

向田さん「そうなんです、天然のヤスリなんですよ。今で言う紙ヤスリみたいなものです。大きな形を取るのは金属のヤスリや彫刻刀を使いますが、細かい傷は彫刻刀ではとれませんから、砥草も中が空洞なので、そこに棒を差し込んで磨きながら傷を取っていくんです」

おこぐ「なるほど～。草ならタダですしね！」

▲実際の作業風景を再現して

向田さん「そうなんです（笑）。玄関前で栽培してます」
おこぐ「やっぱり！」
畠中さん「江戸時代もそうやっていたんでしょうねぇ。なんかものすごくイメージがふくらんできました！」
向田さん「他にも象牙に色を付けるのには、江戸時代にはお歯黒をするためにもつかっていたヤシャの実を煮出した液を使います。こうやって自分で煮出して、根付を染める染料としてつかうんですよ」
畠中さん「すごい！」
向田さん「これが煮出す前のヤシャの実です」
畠中さん「かわいらしい！」
向田さん「これも自分で山に入って拾ってくるんです」
畠中さん「ひとつほしい……かも……」
向田さん「どうぞどうぞ、砥草もお持ちに

▶小さい松ぼっくりみたいなヤシャの実

▲土鍋の中には真っ黒な液。中にはヤシャの実が

▲昔からヤスリの代わりに使われた砥草。これは塩茹でした後、乾燥させて使う

▲こういう小さな欠片も大事に取っておく

▲いろんなものから根付が作り出されます

なって下さい」

畠中さん「うれしい、ありがとうございます！」

おこぐ「よかったですね、畠中さん。せっかくですから、ここは後学のためにちょっとお歯黒も塗ってもらったら如何《いかが》ですか。江戸時代の女性の気持ちが分かるかもしれません」

畠中さん「……おこぐさんの提案はありがたいですが、遠慮しておきます。しかし本当に芸術的センスがないと出来ないお仕事ですね～」

一通り、お仕事場の説明をお聞きした後、向田さんが展示会のギャラリートークをされたときに使われた資料を見せていただきました。鮑《あわび》の殻や、家具で有名なマホガニーなど、いろんな材料（写真A）や、ただの木片がウサギに変身するまで（写真B）や、これまでに向田さんがお作りになった作品等々（写真C）。

お母様との合作の名刺入れ（写真D）なども見せていただき、一同、その美しさにため息が出るばかりでございました。

畠中さん「本当にタメになりました。ありがとうございます～。お話を伺っていると、イメージが次々に湧いてきて、プロットが一本出来たような気がします」

おこぐ「それはよかったです。ちゃんと『しゃばけ』シリーズにだしてくださいね。『まんまこと』に出てきたりしたら、おこぐショックで寝込んじゃいますから～。で、どんなお話ですか」

畠中さん「そ、それは……秘密です。でもそのうち根付師さんの出てくるお話を書くと思います～」

向田さん「楽しみにしています」

向田さん、本当にありがとうございました！

▲これぞ日本の芸術品！

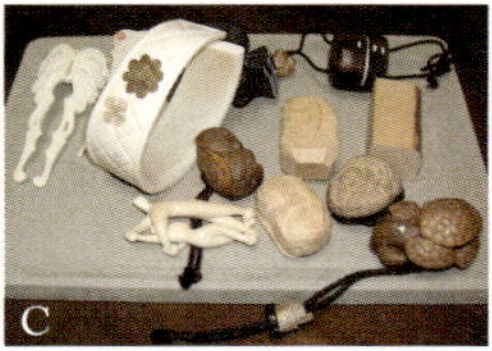

▲おこぐのダメダメ写真でしかお見せできないのが残念

▲ただの木片がウサギに変身するまで。お見事！

畠中恵の選り抜き

「あじゃれ」よみうり

現代社会に生きていらっしゃるにもかかわらず、「しゃばけ」著者である畠中さんの周りは、なーんとなく江戸模様で、妖《あやかし》(とくに鳴家?)の気配が色濃く漂っているようです。そんな畠中さんののんびりほんわか日常エッセイを選り抜きでご紹介します!

◆○五年……師走【その三】

雪の便りが、あちこちから聞こえて参ります。この師走は、ことのほか寒さがきついようでございます。

皆様、風邪などひかれませんよう、ご自愛下さいませ。

ところで畠屋は日々、『ぱそこん』なる便利なからくり道具を使いまして、文を書いております。本来ならば筆と墨を使い、したためねばならぬところかもしれません。ですが、時代の趨勢と言いましょうか、お仕事では受け取られる方も、『ぱそこん』を使いました方が楽なようなので。

……はい、これは言い訳でございますね。白状いたします。畠屋は己が筆で書いた字が、余所様にどれ程読んで頂けるものか、心許ないのでございます。

とにかくこの『ぱそこん』で『わーぷろ』そふとをお使いの方は、他にも多いことと思います。そのとき、よくやってしまう変換間違いというものが、ございませんか？

畠屋が大層よくやる間違いに、『我花壇亜』というものがございます。これは『若だんな』が時として化ける花壇でございます。

確かに若だんなは朝顔などが好きですが、まだ花壇になることを目指したことはございません。

『わぁだんな』と化けることもございます。この場合も、別に鳴家が踏んづけられて、文句を言ったというお話ではございません。これはひとえに、畠屋の小指が反乱を起こしたせいなのでございます。

力が弱いのにこき使われることが、小指は嫌なようなのです。よって反発は度々あり、珍奇な言葉が目の前に現れて参ります。

余りに多く奇妙な字を目にいたしますので、畠屋は昨今、『わーぷろ』妖怪『化け字』が、この世に誕生したのではないかと疑っております。妖のお仲間はこの日の本の隅々におられますし、日々新亜kし（えー、進化し）新しいお仲間が加わっても、不思議ではありません。

とにかく新しいお仲間というものは、歓迎してあげるのが優しい対応というものでございます。しかし……この妖怪『化け字』さんが増えすぎたら、私の文章は一体どうなるのでございましょうか。

読めなくなるのは、大変困るのでございます。そして、変わらないじゃないかと言われますのは、もっと悲しいかもしれません。

妖怪の所行は、やはり恐ろしいものでございます。

◆○六年……如月【その二】

先日、『鳴家てぬぐい』プレゼント企画の抽選に行って参りました。

畠屋は大変、大変嬉しゅうございました。おこぐさんが持ってきて下さったのは、六千通を超える文。そのような多くの文というものを、初めて目にさせていただいた畠屋でございます。

お葉書には、色々な便りがありました。多くの姫様方、お文をありがとうございます！

また、あちこちのお宅にいたのでありましょう鳴家達が、ひょっこりと出張してきている文も数多、届いておりました。遠方の鳴家達とは初対面でありましたので、畠屋は喜んで挨拶をさせていただきました。

親子で読んで下さっているという方、結構おいででした。ありがとうございます。先に読まれるのはどちらでございましょうか。

ご年配の方の、達筆も見せて頂きました。七十代、八十代の方もおいでで、畠屋は出張中の鳴家達と共に、「これからもがんばりまーす」と、嬉しい気持ちを表現しておりました。

殿方からのお便り、一筆書いて下さる方も多く、ありがとうございました。読んで下さったのは電車の中かな、それとも寝る前の読書タイムかな、などと、畠屋は机の上を転がり始めた鳴家達と、考えておりました。

そして、多く目に止まりまして……はて、この職業の方が多いのは、どういう訳なのかなと、考えた文もございました。

『しかえいせいし』など、『いりょうかんけい』の方々でございます。

最初は、待合いで読んでおいでなのかと、思った畠屋でございます。実際、ご医師のところに行かれた方が、待合いで手にしておいでだと、聞いたことがございましたので。

ですが考えてみれば、治療をなさる側の方々が本を読んでいては、お仕事になりません。勿論お仕事第一。待合いに出て、鳴家達や若だんなと、顔を合わせておいでの筈も無かったのでございます。

では、この方々が多くおいでだったのは何故か。考えて……畠屋にはぴんときたのでございます。妖達は、甘い物が好き！

これが『いりょうかんけい』の方々を引きつけたのに、違いありません。かぱりと開けた妖の口の中に、虫歯を発見されたのでございましょうか。それとも食生活の乱れを見て、『妖のせいかつかいぜん』をと、思い立たれたのでありましょうか。お優しいことでございます。

しかし！

どうも畠屋が『虫歯』と、一言口にしてしまったのが、拙うございました。『きゅいいい～ん』、『ちゅいいい～ん』という、歯を削るからくりの音を思いだしたのでしょうか。一寸の内に、周りから妖の気配が消えたのでございます。『ちゅいいい〜ん』が怖いのは、人でも妖でも、同じなのでありましょう。

ですが、でございます。しばし経ちましたら、何人かの医療関係の方にはきっと、鳴家達が届くはずでございます。これもご縁。どうぞ可愛がってやって下さいませ。

皆々様もその節には、鳴家達をよろしくお願いいたします。残念ながら今回はご縁が無かった方々、申し訳ございませんでした。

この度は多くの方々の文を目に出来、畠屋は本当にありがたかったです。そしてひたすらに、嬉しゅうございました。

◆〇六年……水無月【その二】

雨の月のただ中でございます。

この度畠屋は、生まれて初めて『さいん会』なるものを、させていただくことになったのでございます。

というわけで、水無月の十日、一回目を尾張の国の、『星野書店』様でやらせていただきました。

はてさて、畠屋の『さいん会』に来て下さる、奇特なお方がおられますでしょうか。心配しておりました畠屋の所へ、沢山の方が顔を出してくださり、まことにありがとうございました。畠屋は本当に、大変嬉しくて、いささか心の臓が早く打ってしまいました。

『星野書店』様では『さいん会』をよくなさるようで、大変慣れておいでになり、初めての畠屋にとって、大層ありがたいことでありました。感謝でございます。

ところがです。畠屋は初めてのこと故に、

『さいん会』で少うしばかり、暴走をしてしまったのでございます。

　何をやったのかと言いますと……とんとことんと勢いをつけ、サインを書いていってしまったのでした。途中でおこぐさんが、「もっとゆっくりでもいいですよ」と、あどばいすして下さったのに、止まるものではございません。『きらきら』のさいんぺんは、どんどこどこどん、走ってしまいました。

　終わりましてから、来て下さった方々ともっと沢山、お話し出来たら良かったのになあと、畠屋は思ったのでございます。反省となりました。

　わざわざ尾張の『さいん会』に来て下さった皆様、本当にありがとうございました。お花やおみやげまで頂き、感激でございました。またの機会がありましたら、畠屋はもっと皆様とお話したいなあと、思っているのでした。そのときは、よろしくお願いいたします。

　尾張での一日目は、そんな風に過ぎたのでございました。

　畠屋は今様お江戸に帰りました後、翌日神田の『三省堂』様で開きます『さいん会』では、もっと来て頂いた方々と何とかお話したいと、無い知恵を絞ったのでございます。それで急ぎ、きゃらくたーの面々を張った用紙を作りまして、皆様に、これから短編に主役級で出して欲しい者を、選んで頂くことにいたしました。

　皆様の意向が分かれば、これからの作品に反映させていくことができます。それに何より、来て頂いた方とお話するきっかけとなれば嬉しいと、そう思ったのでございます。

『しゃばけ』しりーずの面々のおかげか、あまり長くはありませんでしたが、神田の『三省堂』様では、来て下さった方と、いくらかお話も出来まして楽しかったです。(もうちょっと、お話したかったですが)本当に、本当にありがとうございました。

今回の『さいん会』で頂きましたお人形やお花などは、写真に撮って保存してあります。お菓子、さっそく楽しませて頂いております。沢山頂戴しまして、ありがとうございました。

畠屋はこれから、『しゃばけ』しりーずのふぁんの方々と共に、お話を書いて行けたらと、そう願っております。

この度は、本当にお世話になりました。

畠屋および、『しゃばけ』しりーず登場人物一同より。

◆〇六年……水無月【その二】

『さいん会』話の二でございます。
この度は神田の『三省堂』様に来て頂いた方に、『お話に出して欲しいきゃらくたー』へ、一票入れて頂きました。せっかくですので、集計結果など、こちらに載せようと思います。
一位◉鳴家[二十八票] おこぐさんが言われていたとおり、「一番、一番」と、やかましゅうございました。
二位◉仁吉[二十三票] やはり見た目の勝利でございましょうか。
三位◉屛風のぞき[十八票] 意外に世話好きなことが、受けたのでございましょうか。大健闘でございます。

佐助［五票］　仁吉と一緒に好きだという方も多かったのですが、どちらか選ぶとなると、分が悪かったようで。

於りん［五票］　遊び相手の鳴家も、喜んでおります。

野寺坊［五票］　渋く、人気でございます。

若だんな［四票］　必ず出てくるという安心感のせいでしょうか。

鈴彦姫［四票］　あまり出ていませんのに、健闘でございます。

松之助［三票］　頂くお葉書などでは、人気のお兄ちゃんでございます。

栄吉［三票］　こちらもお葉書を頂くとき、人気のお方であります。

おしろ［三票］　猫又様、頑張っております。

金次［二票］　おこぐさまより、一票頂いております。

狐者異［二票］　あのままでは……というお声がありました。

天狗［二票］　天狗のイラスト、格好が良くておいでです。

おぎん［二票］　もう一票入ったかも、というおぎん様でございました。

お獅子［二票］　人気の高まりを感じておりまず。

お比女［二票］　姫神様。お江戸へといざなうお声もありました。

日限の親分さんの名が無かったのは……畠屋が悪うございます。表に名を載せるのを、失念してしまったのでございます。しかしながら、親分さんが活躍の(?)お話は、考えてございますので、畠屋は十手で、ぽかりとやられることは、無いのではと存じます。

あの日の、『きゃらくたー』が載っていました表の端っこに、お見えになりました柴田さんが、後で鳴家を描いておいきになられました。よってあれは、畠屋の宝物となっております。こっそり打ち明け事がございます。

畠屋はお世話になりました神田の『三省堂』様へ、いくらか『さいん本』を置いて参ったのでございますが、そのとき横におられました柴田さんが、その内の何冊かに、鳴家を派遣されていたような……畠屋の目の迷いだったのでございましょうか。

もしかしたら、どなたかのお家を、今頃軋ませているのかもしれません。

そのときは、可愛がってやって下さいませ。

◆〇七年……正月【その一】

明けましておめでとうございます。

本年も『しゃばけ』の面々共々、よろしくお願いいたしまする。

「きゅんいー」「きゃわきゃわ」「あれれ……」ごんっ。

「これはこれは、お目出度いことでございます」

「若だんな、目出度い正月でありますれば、お薬を一服」

「どうしてそういうことに、なるんだ。それより綿入れをもう一枚着て下さいな」

「ぶにぶにぶに」

「ねえ、正月なんだから、あたしたちにも菓子の一つくらい、出しなよ」

「なんだい、うるさいことを言ってると、井戸に沈めるよ」

「おうい、正月のお菓子を作ってきたよ。皆で食べよう」

「……」

長崎屋の皆は、元気です。

畠屋は正月に、某げえむを致しておりました。

実はパネルが勝手に、何とも情けのない年齢を表示しましたものですから、畠屋は一人、部屋で吠えておりました。

あれは畠屋の『きいろ』という声を、聞き取ってくれないげえむのせいでございます。

……と、思いたかった畠屋でございます。

どうやら年齢よりも古びた中身を抱えております畠屋でありますが、これからもせっせと書いていきまする。

今年の抱負は……とりあえず、『あじゃれ』よみうりを、もっとまめに更新したいと思いまする。

夏には『しゃばけ』しりーず次作、『ちんぷんかん』も出ますれば、よろしくお願いいたします。

皆様方にとりましても、良き年でありますように。

◆〇七年……弥生【その三】

早、三月が終わろうとしております。『にほんふぁんたじーのべるたいしょう』の受付も、来月から始まりまする。書いておられます皆様、満足されるものが書けますよう、お祈り申し上げます。

賞などに出されるとき、よく、書き上げた後、少し時間を置いて、読み返すといい、などということを聞きます。

一旦作品から離れ、冷静な目で見れば、訂正、削除もやりやすかろうということでございましょうか。確かに、時間を取れますときは、お勧めのやり方でございます。でも時には、時間がぎりぎりとなり、しばし時を空けられないことも、ございましょう。

そんな時は、一度ぷりんとあうとしたものに、直しを入れて行くという方法も、良うございます。活字となりますと、少し引いた感じの目で、新たに読むことが出来るからでございましょうか。畠屋はよくやっております。

とにかく、良き四月を過ごせると、ようございますね。


それではここから、『畠屋の投稿生活・思い出編』でございます。

前にも申し上げましたとおり、それは漫画の投稿から始まりました。

出したのは、十代も終わろうとしていた時の事だったと思います。

初投稿の歳としましては、早いほうでは無かったですね。

当時、漫画はぶーむでございました。そしてまだ年齢の高い女性向きの漫画雑誌は無い時で、漫画家を目指す方々は、若い方が多うございました。

十代でプロの漫画家となられた方も、多くおいでだったように覚えております。

はっきり申しまして、私は下手でしたねえ。ですが、周りに一緒に描いております仲間もいなかった故にか、お気楽だったのか、せっせと書き続けておりました。

で、初投稿はどうだったかと言いますと……落ちました。それも、下から数えた方が早い、えい、びー、しーのうちの、しーくらす。いかに己が下手か、客観的な意見を初めて言われた瞬間でございました。

◆〇七年……卯月【その二】

はるか古代、まんもすが生息しておりました頃のお話でございます。

畠屋の昔の投稿生活、その二をお送りします。

畠屋は当時ひたすら漫画を描いておりました。美術短大に通っておりました故、少しは絵が上手くなることを期待したのでございますが、元々形を摑むのに苦労をしない人間に生まれることは、出来ていなかったようでございます。

よって、漫画を投稿しては、落ちるというパターンを、どこまでも繰り返しておりました。落ちることに慣れて参りますと、投稿作品全体の中の順位というものに目をやりまして、賞を取るなどということは思考の外、考えが向いていなかったように思います。

そんな中で、畠屋はかつて東京の青山にございました、漫画の学校に行くことにしたのでございます。仲間と先生が欲しかったのでした。

当時は今のように、あちこちにそんな学校がある状況ではございませんでした。そのせいか結構遠方からも、生徒さんが来ておいでだったように思います。そして学校には、生徒の内からアシスタントを拾いに来る、漫画家さんも結構おいででした。

畠屋はその学校で、今でもつきあいがあります友達と、知り合うことが出来ました。そしてそこで、アシスタントとして拾われたのでございます。

己の作品の方は、相変わらず投稿しては、落ちておりました。正直申しまして、畠屋は何回漫画を投稿し落ちたのか、覚えておりません。

途中で、ひたすら落ち続けるのにうんざりした頭が、数えてくれなくなったのでございます。

◆〇七年……皐月【その一】

今年も『にほんふぁんたじーのべるたいしょう』の応募期限が過ぎました。

夏が来まして、新たな受賞者のお名前を拝見する時を、楽しみにしております。

今年、賞に応募作品を送られた方々は、この後どのような日程で賞が決まってゆくのか、気になることもございましょう。

畠屋のときは、こんな感じでございました。

まず六月の末頃、突然最終候補に残ったとお電話を頂きまして、おたおたしたように覚えております。

優秀賞受賞の知らせは、七月の終わり近くでございました。

八月の頭には、新潮社へ伺いまして、そこで大賞受賞者の方と、始めてお会いしました。

その後、WEBや新聞に、結果が載ったのでございます。

他の受賞者の方にお聞きしたところ、年により少し日が違うこともあるようでございます。良き知らせがありますよう、お祈り申し上げます。

それと、これは老婆心からの一言でございます。会社にお勤めの方は、もう持っておいでのことと思いますが、出版社へ伺うときには、名刺をご持参されることをお勧め致します。受賞者の方は、出版社で沢山名刺を頂くことになります故。

受賞が決まりましてから、会社を訪問するまでに、余り日にちがございません。出版社へ行かれる前に、名刺のことをお考えになるのも、良いのではと思います。

授賞式は、畠屋の頃は九月でございましたが、今は十一月になっております。主催は清水建設様と読売新聞社様でございます。太っ腹な主催社がおいでのおかげで、受賞者には記念品の贈呈もございます。一定の金額内で、好きな品物を希望することが出来ました。残る品物が欲しかった畠屋は、腕時計を希望しましたところ、大層素敵な品を頂きました。

さて今年の方は、何を希望されるのでございましょうか。

以上、畠屋による、『にほんふぁんたじーのべるたいしょう』の思い出でございました。

◆〇七年……水無月【その二】

『畠屋の投稿生活・思い出編（三）』でございます。

畠屋が漫画を投稿しておりました頃は、女性向けの漫画はまだ、てぃーんを対象としましたものが多うございました。よって、漫画家志望者の年齢も、総じて若かったのでございます。

そんな中、いつまでも『でびゅー』出来ないでいますと、焦りがありました。あまり年齢が高いと賞を受けられないなどと、根拠は無いものの、心配を抱える身には辛い噂もございました。

少しは入賞の可能性が増すかと、応募人数のより少ない所へ出したこともございます。

漫画家のアシスタントは続けておりましたので、ペンには慣れていました。そうしてちょぼちょぼと、投稿時の成績は上がっていきましたが、それでも欠点は多々あったようで、でびゅーは出来ません。

そんな折り、新しく出来る雑誌に持ち込んではどうかと、お話がありました。当時投稿しておりました所とは違う出版社で、迷いもありました。ですが、とにかく年齢が高く、早くでびゅーしたかったのでございます。思い切って持ち込んでみることにいたしました。

すると、望外にも、雑誌に載ることが決まったのです。体重が軽くなったかのように、感じられた瞬間でございました。持ち込みにして良かったと、思ったものでございます。

しかし、で、ございます。甘いばかりのお話は、転がっていなかったのでございます。あっさり決まった漫画家としてのお仕事は、わずか三作で終わりになってしまいました。

新人として、でびゅーするということと、漫画家として描き続けていくことは、また別のことだと知ったときでありました。

蔵出しあやかしギャラリー

絵師❖柴田ゆう

本には収録されてません！
雑誌連載時の幻の傑作イラストを
ここに再び大公開。

【ぬしさまへ】
小説新潮❖〇二年二月号掲載
本文は『ぬしさまへ』に収録

【仁吉の思い人】

小説新潮❖〇三年二月号掲載
本文は『ぬしさまへ』に収録

【茶巾たまご】

小説新潮❖〇四年二月号掲載
本文は『ねこのばば』に収録

【花かんざし】
小説新潮❖〇四年六月号掲載
本文は『ねこのばば』に収録

【こわい】

小説新潮❖〇五年二月号掲載
本文は『おまけのこ』に収録

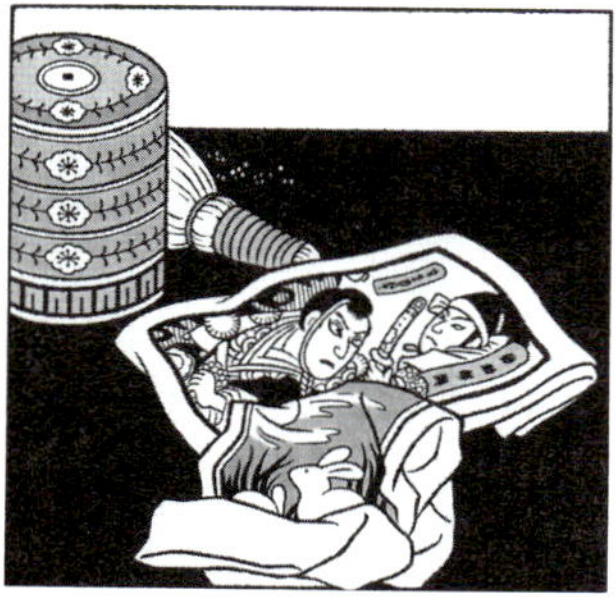

【畳紙《たとうがみ》】

小説新潮❖〇五年六月号掲載

本文は『おまけのこ』に収録

【動く影】

小説新潮❖〇五年八月号掲載
本文は『おまけのこ』に収録

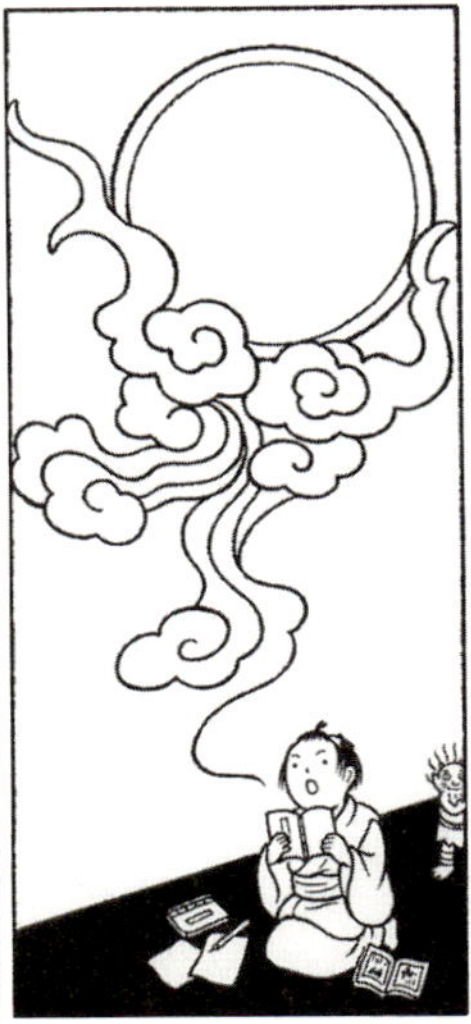

【うそうそ】

本文は『うそうそ』に収録

［第一回］小説新潮❖〇五年十二月号掲載

［第二回］小説新潮❖〇六年一月号掲載

［第三回］小説新潮❖〇六年二月号掲載

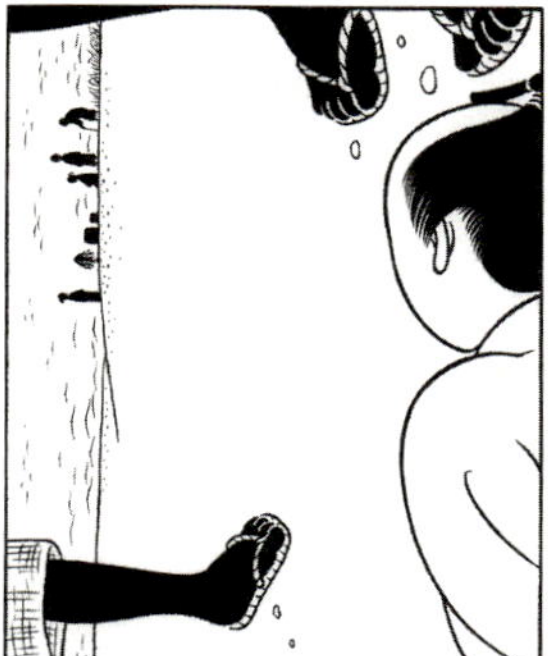

［第四回］小説新潮❖〇六年三月号掲載

［第五回］小説新潮❖〇六年四月号掲載

［最終回］小説新潮❖〇六年五月号掲載

【鬼と小鬼】

週刊新潮❖
〇七年一月四・十一日号～
二月八日号掲載
本文は『ちんぷんかん』に収録

［第一回］

［第二回］

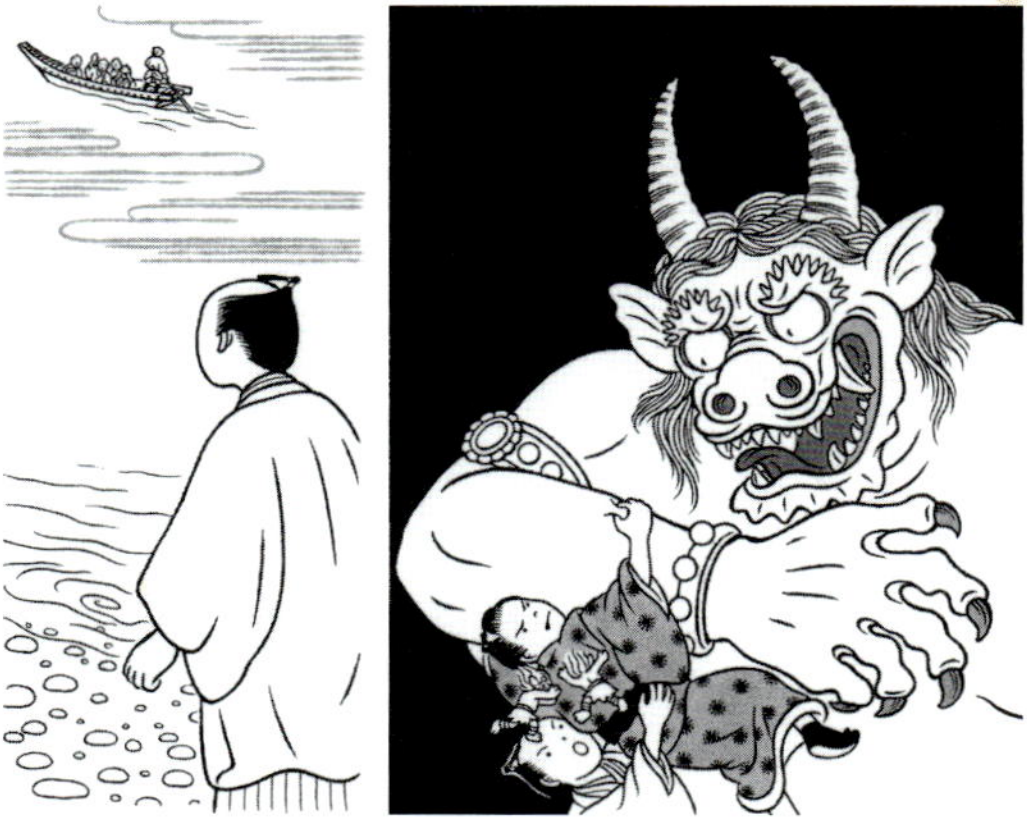

［第三回］

［第四回］

［第五回］

ちんぷんかん

週刊新潮❖
○七年二月十五日号～
三月十五日号掲載
本文は『ちんぷんかん』に収録

［第一回］

［第二回］

［第三回］

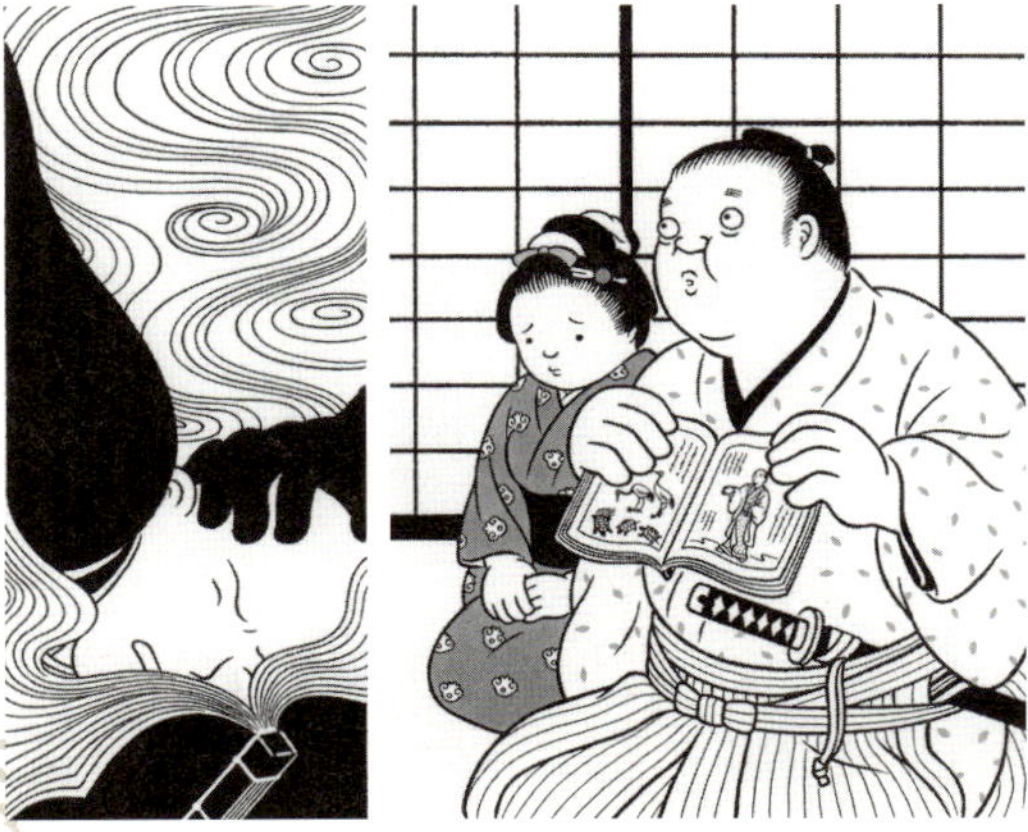

［第四回］

［第五回］

【今昔】

週刊新潮❖
○七年三月二十二日号～
四月二十六日号掲載
本文は『ちんぷんかん』に収録

［第一回］

［第二回］

［第三回］

［第四回］

［第五回］

［第六回］

【男ぶり】

小説新潮❖〇七年二月号掲載

本文は『ちんぷんかん』に収録

はじめての

小説新潮❖〇八年九月号掲載
本文は『ころころろ』に収録

ほねぬすびと

小説新潮❖〇九年二月号掲載
本文は『ころころろ』に収録

ころころ

小説新潮❖〇九年三月号掲載
本文は『ころころ』に収録

けじあり

小説新潮❖〇九年四月号掲載
本文は『ころころ』に収録

【ゆんでめて】

小説新潮❖二〇一〇年二月号掲載
本文は『ゆんでめて』に収録

こいやこい

小説新潮❖二〇一〇年三月号掲載
本文は『ゆんでめて』に収録

花の下にて合戦したる

小説新潮❖二〇一〇年四月号掲載
本文は『ゆんでめて』に収録

雨の日の客

小説新潮❖二〇一〇年五月号掲載
本文は『ゆんでめて』に収録

始まりの日

小説新潮❖二〇一〇年六月号掲載
本文は『ゆんでめて』に収録

若だんなと歩こう！

【しゃばけお江戸散歩】

こんにちは、バーチャル長崎屋の奉公人、おしまでございます。おこぐ姉さん、あゆぞう姉さんの後輩女中です！　突然ですが皆さん、しゃばけシリーズの舞台はお江戸、つまり今の東京だということはご存知ですよね。若だんなたちが活躍する舞台は、東京に実在するのです。そこでおしまは考えました。

「おこぐ姉さん、読者の皆さまを若だんなたちが歩いた町へご案内したいので、今日だけ特別にお暇をいただけませんかねえ？」

「うーん、そうねえ。ちょうど今は人手も足りてるし、一日ならいいか。でも、寄り道しちゃだめだからね！」

やったあ、姉さんのお許しが出ました。では、しゃばけお江戸散歩へ、出発進行！

やっぱりすごい！　長崎屋【日本橋周辺】

1 通町《とおりちょう》

夜にこっそり一人で遠出し、家路を急ぐ若だんなが、なんと殺人事件に巻き込まれてしまい……シリーズの記念すべき第一作、『しゃばけ』はこんなシーンではじまります。この若だんなの他出は、本郷に住んでいる腹違いの兄、松之助さんの姿をひと目見たいがためだった、というのは『しゃばけ』を読んだ皆さんならご承知のとおり。

『しゃばけ』の中で若だんなは、幾度か長崎屋のある日本橋と本郷の間を行き来するんですが、おしまは今回、このルートを辿ってみることとしました。

まずは、長崎屋があった「通町」を探してみましょう。

当時の日本橋。歌川広重「日本橋　朝之景」より

日本橋高島屋近辺。この辺に長崎屋が！

起点として、日本橋駅の近く、江戸当時の繁栄ぶりが偲ばれる、古くから続く老舗や大きなデパートが並ぶ賑やかな通りにやってまいりました。どことなく道行く人々も上品そう。さてさて「通町」はどこかな〜？『しゃばけ』をひもといてみると「日本橋から通町を南に歩いて京橋近く」とありますねえ。あれ？今の東京の地図をみても、「通町」という地名はないみたい。さっそく迷子になりそうなおしまですが、ここで江戸時代の古地図と現在の東京の地図を照らし合わせてみました。

ふむふむ、なるほど。長崎屋がある通町は、現在の高島屋日本橋店や丸善の並ぶ中央通り沿い、日本橋一丁目から三丁目のあたりなんですね。江戸時代からこの界隈は、両替店や大きなお店が並ぶ通りだったそうです。そんな一等地に間口十間の店を構えていた長崎屋って、正真正銘の大店なんですね。思わずため息が出てしまいます。

ちなみに、通町があった高島屋日本橋店のある通りを、

京橋跡。水路は埋め立てられて遊歩道に

日本橋とは反対側の南に歩いていくと、京橋に行き当たります。『うそうそ』の中で、若だんなはこのあたりから舟に乗って箱根への旅路をスタートさせましたね。でも、今では水路は埋め立てられてしまい、京橋はその名が残っているだけなんです。

❷日本橋

さあ、若だんなが歩いた道のりを歩き進めましょう。日本橋は、言わずと知れたお江戸の商業の中心地。五街道の起点にもなっていて、まさに日の本の商業と交通の中心は日本橋にあった、といっても過言ではないはず。この地名の元となった橋、「日本橋」は江戸幕府が開府した慶長八年（1603年）に架けられたとーっても歴史の古い橋です。

毎日のように、行き来する商人や町人、旅人たちでた

多くの人が行き来した日本橋の高札場の跡

上空を高速道路が走る現在の日本橋

いっそう賑わった日本橋。その人通りの多さゆえに、幕府のお触れなどを知らせる高札を掲げるための「高札場《こうさつば》」や、罪人たちがさらし者にされた「晒し場」も、この日本橋のたもとに置かれました。今は築地に移転してしまった魚河岸も、江戸時代には日本橋の北側にありました。

現在の日本橋は、明治四四年に架け替えられた石橋ですが、真上に高速道路が走っていて、浮世絵に描かれた当時の面影を偲びにくいのが残念です。

❸昌平橋

『しゃばけ』の冒頭シーンでは、一人歩きを心配する鈴彦姫《すずひこひめ》に対して、若だんなが「この坂を過ぎれば、いくらも行かないで昌平橋に出るよ。渡って筋違橋御門《すじかいばしごもん》からは繁華な通町だ」と答えます。おしまはそのまま中山道を昌平橋を目指して歩き続けます。中山道は、江戸時代に整備された五街道の一つで、日本橋から滋賀県の草津まで続き、そこで東海道と合流します。

江戸の面影と東京の最先端の建築が混在する室町に入りました。このあたりには、その名もずばり「長崎屋跡」という場所があります。でもこの「長崎屋」は、

若だんなたちが暮らした長崎屋とは別物。けれどもここは、鎖国中も貿易を許されたオランダ人使節の定宿で、薬種問屋も兼ねていたらしく、廻船問屋兼薬種問屋であるしゃばけシリーズの長崎屋にどことなく似ています。

　そのまま歩き続けたおしまは、今川橋交差点、神田駅を過ぎて、日本橋出発から約三十分後、ようやく万世橋までやってきました。なんと日本一の電気街、秋葉原まで歩いてきてしまったんですねえ。おしまの足もさすがにそろそろ重たくなってまいりました。橋のたもとにある万惣《まんそう》フルーツパーラーや秋葉原のめいどかふぇなどに寄って一息つきたいところですが……。夜、一人でこの道を往復したなんて、若だんなって意外に健脚なんだなあ。

　よし、なんとか昌平橋に着きましたよ。ここは『しゃばけ』のラストで、大火事を食い止めるべく駕籠《かご》で駆け

小さなレンガ張りの昌平橋

大きな電気店が立ち並ぶ万世橋近辺

つけた若だんなが、危険を顧みずに駕籠をおり、歩いて北に向かうという重要な場所。何台もの車が行き交う万世橋に比べると意外に小さな橋ですが、昌平橋のほうが歴史は古いのです。江戸時代、このあたりは神田《かんだ》旅籠《はたご》町《ちょう》と呼ばれ、往来の旅人が宿泊するための施設が集まる活気のあるところでした。

あれ？　この昌平橋のすぐそばにあるはずの、同じく重要な舞台である「筋違橋御門」が見当たりませんね。『しゃばけ』で、若だんなは何度もこの門を行き来しますし、若だんなの代わりに本郷に向かった栄吉さんが何者かに襲われてしまったのもこのあたりです。どうやら、筋違橋御門も今はなくなってしまったようですね。

万世橋・昌平橋・筋違橋の三つの橋には複雑な歴史があります。もともと将軍様が上野の寛永寺に詣でるために作られた筋違橋が明治五年に取り壊され、翌年その場所に新たに作られたのが旧万世橋。でもこの橋も壊されて今は存在しません。旧万世橋ができた同じ年、昌平橋が洪水で流されてしまい、のちに復旧する

筋違橋御門の跡地には高架が敷かれる

まで、今ある新万世橋の場所にできた仮木橋が「昌平橋」と呼ばれていました。この橋は、やがて鉄筋で作り直される今の万世橋の原型なんです。うーむ、ややこしい。

物語がはじまった場所、湯島聖堂から本郷へ【湯島・本郷近辺】

❹湯島聖堂

昌平橋に着いた時点ですでにおしまはもうヘトヘト。でも、若だんなですら歩けた距離で、バテるわけには参りません（失礼）。昌平橋から御茶ノ水駅のほうへ向かうと、『しゃばけ』の冒頭シーン、若だんなが最初の殺人事件に遭遇してしまった湯島聖堂近辺に至ります。

湯島聖堂は、元禄三年（1690年）に、儒学に熱心だった五代将軍徳川綱吉が、もともとは上野にあった孔子廟を湯島に移したものだそうです。のちに聖堂の隣に昌

若だんなが歩いた湯島聖堂の白壁の道

平坂学問所がもうけられ、これが東京大学の前身になったとか。そうなんです、このあたりには東京大学のほか、学問の神様、菅原道真が祀られた湯島天神もあり、江戸時代からの文教地区。こんな場所で殺人事件が起きたとは信じられないほど、静かで落ち着いたところです。いくつもの物語を生むしゃばけシリーズ。それがここから始まったかと思うと、感慨もひとしおです。

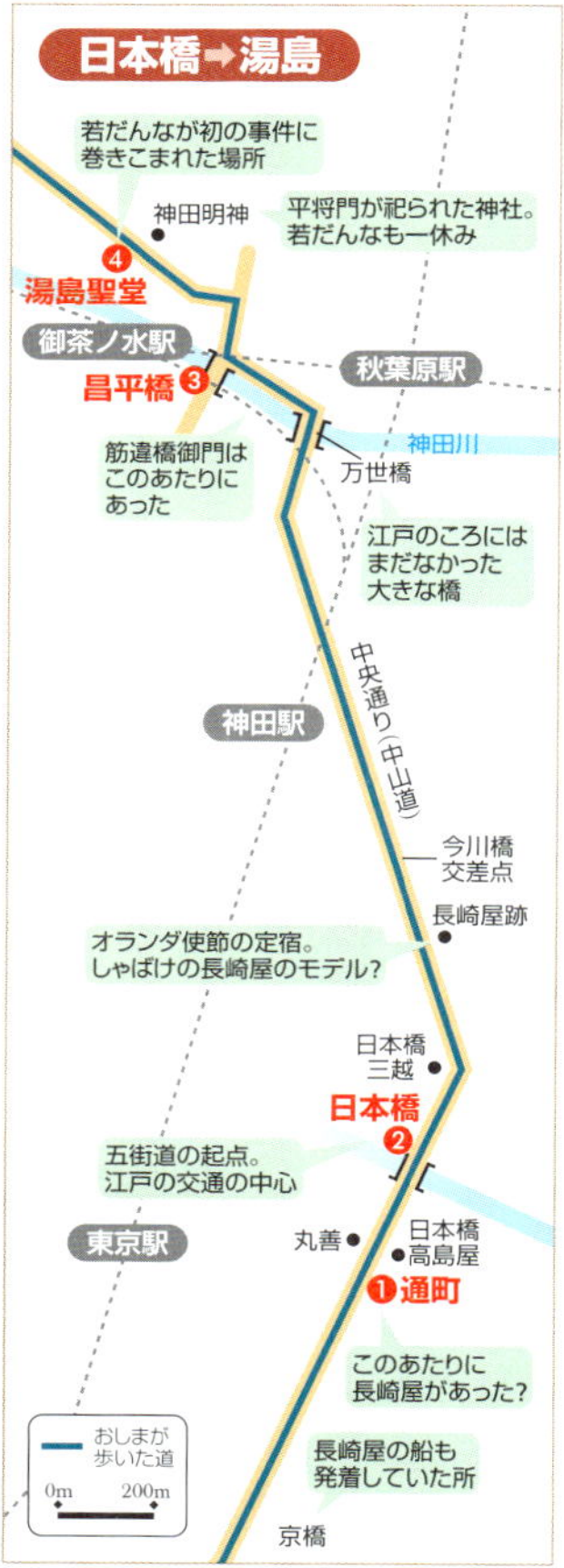

この威厳のある聖堂近辺で事件が起きた

湯島聖堂のすぐそばにある神田明神にも寄ってみましょう。『しゃばけ』でこっそり本郷へ向かった若だんなが、ここの神田明神の木陰で一休みしていましたね。神田明神名物の甘酒を一杯だけいただいて、おこぐ姉さんには内緒でおしまもここで一休み。甘さに疲れが癒されていきます。鈴彦姫が話し相手として出てきてくれればいいのに……。

神田明神のとても華やかな構え

⑤本郷

さて、英気を養ったところで、松之助さんが奉公していた東屋《あずまや》のある本郷までさらに足を伸ばしてみましょうか。『しゃばけ』では、松之助さんの奉公先が「加州《かしゆう》様の近く。ぎりぎり朱引きの内の、東屋という桶屋」だとわかり、若だんなはこっそり訪ねていきます。「加州様」？「朱引き」？ 耳慣れない言葉ですね。まず「加州様」とは、加賀百万石前田家の上屋敷のことなんです。現在の東京では、この広大な「加州様」は、東京大学の本郷キャンパスになっているんで

すよ。そして「朱引き」とは、江戸の範囲をあらわすために当時の地図に引かれた朱色の線のこと。このあたりは今でこそ東京の真ん中ですが、江戸時代には江戸の端っこ、とされていたんですね。

神田明神から歩くこと約三十分。親しみやすい商店街が連なる本郷三丁目を抜けて、やっとこさ東大の有名な「赤門」にたどり着きました。元が加賀藩のお屋敷だったために、赤門には「旧加賀屋敷御守殿門」という名があるそうですね。ここは日本の最高学府、赤門をくぐる賢そうな若者たちを眺めながら、おしまは日本の未来を思います。

『しゃばけ』のラストでは、墨壺《すみつぼ》の「なりそこない」が付火をして、加州様のあたりから火事が起こり、やがて大火となって大惨事を引き起こしますが、実際にこの付近には、十万人近い焼死者が出た「明暦の大火」の火元であると言われている本妙寺の跡があります。若だんなの住む長崎屋も火事で焼けてしまったことがありましたが、お江戸では火事が日常茶飯事でした。とりわけ明暦の大火は、

加賀藩の上屋敷の門だった東大の赤門

江戸城の一部さえ燃えてしまったほどの記録的な大惨事だったそうです。
「空のビードロ」(『ぬしさまへ』収録)は、本郷の東屋を燃やした大火のことが、松之助さんの視点から描かれています。火事に際して、松之助さんは近くのお寺で焼き出された人の炊き出しを手伝ったりしていますが、ちょうど本郷や上野のあたりは、寺院がたくさんあるんです。妖《あやかし》退治で有名な高僧、寛朝《かんちょう》さんのいらっしゃる上野の広徳寺も少し足を伸ばしたところにありますので、のちほど訪ねてみましょう。

こうしておしまは、長崎屋のある日本橋から本郷まで、約四キロの道のりを歩いて参りました。すっかりくたびれてしまいましたよ。

それにしても病弱な若だんなが、夜に一人で他出して、本郷まで往復約八キロの道を往復しようとしていただなんて! 意外と若だんなって元気なのかもしれませんよ。旦那様に奥様、それに手代さんたちも、やっぱり若だんなを甘やかしすぎなのかも?

でもきっと、「兄さんに会ってみたい」という強いお気持ちが、若だんなに特別な力をくれたのでしょうね。

上野広徳寺へ寛朝さんに会いにいこう【上野周辺】

❻ 不忍池《しのばずのいけ》

『しゃばけ』のクライマックスでは、妖封じで高名な上野広徳寺の僧、寛朝さんにいただいた護符が、若だんなのピンチを救ってくれます（二十五両も払ったのだから当たり前といえば当たり前ですが）。その後も寛朝さんはたびたび登場し、若だんなを助けるたびに、高額なお布施を巻き上げているのでございました。腕はいいけれど業突く張りな（？）寛朝さんがいた広徳寺にも行ってみたいなあ。

　では、本郷から湯島天神を経て不忍池へ行き、そこから広徳寺のある上野を目指して歩いてみましょう。東大赤門から春日通りへ出て、上野の方向へ行けば、通り沿いには有名な湯島天神があります。やがて上野公園が見えて参りました。そこに突如現れる大きな池が、不忍池

学業成就にご利益のある湯島天神

です。

不忍池もまた、しゃばけシリーズにはたびたび登場する江戸の名所。江戸のころ、寛永寺という大寺が上野に建立されました。現在の広大な上野公園は、もともとはその境内だったんです。寛永寺は、西の比叡山延暦寺と対になる寺院にすべく建てられたものでした。延暦寺のそばに琵琶湖があったため、不忍池は琵琶湖に見立てられていたんですって。この池は江戸のころからの蓮の名所で、現在でも蓮が繁茂しており、特に初夏には美しい花が咲き乱れるそうです。

観光地でありましたから、当時から池の端にはたくさんの商店や飲食店がありました。「天狗の使い魔」（『いっちばん』収録）では、夜中に大天狗の六鬼坊《ろっきぼう》に攫《さら》われ、江戸の上空をさまよった若だんなが、不忍池近くのお寺の屋根に下ろされるのですが、お腹がすいていたため、六鬼坊に「どちらが夜食を手に入れられるか」という勝負を挑みます。鳴家のおかげで見事に勝った若だんなたちは、不忍池のほとりの夜鷹蕎麦《よたかそば》で夜食にありつくことができました。深夜の温かなお蕎麦

賑やかな町の中のオアシス、不忍池

が妙においしそうでした……。

❼上野広徳寺跡

思わずつられて池の端でいっぷくしてしまいそうになったおしまですが、いけないいけない、寄り道せずに広徳寺を目指さなきゃ。

しゃばけシリーズのなかでは、広徳寺は妖退治で有名なお寺でした。そして、実際の江戸の庶民の間でも、加賀前田家や尾張織田家といった大名を檀家に持つ巨刹《きよさつ》として名を馳せたそうです。古地図を広げてみても、なるほど大きな敷地。「びっくり下谷《したや》の広徳寺」と、狂歌で謳われたのもうなずけます。

明暦の大火後に作られた大通りで、寛永寺の門前町として大変栄えた上野広小路を渡り、広徳寺のある上野駅周辺にやってきました。現在の地図を眺めても、この辺には実にたくさんのお寺があることがわかります。でもあれあれ、広徳寺はまったく見当たらないぞ？

残念な事に、若だんなたちがお世話になった下谷の広徳寺は関東大震災で焼失

歌川広重の描いた不忍池。
「名所江戸百景」より

してしまったそうなんです……。今現在、広徳寺があった場所には、台東区の区役所が建っています。え？　じゃあ、寛朝さんや秋英さんがいた広徳寺はどこにいってしまったかって？　ご安心ください。今は練馬区の桜台に移転しましたが、相変わらずの広大な敷地を誇る大寺院として権勢をふるっているようですよ。寺に災難が降り掛かったときも、しっかり者の寛朝さんが貯め込んだ金子《きんす》が役に立ったのかもしれませんね（？）。

　日本橋を起点にして、上野の広徳寺まで徒歩でやってきましたおしまですが、ここまではそうとうな道のりでございました。休み休みとはいえ、二時間近く歩いてしまいましたよ。たびたび広徳寺に出かけた若だんなですが、まさか徒歩で来たわけではないでしょう。そこは廻船問屋の御曹司でございますから、舟や駕籠を使ってやってきたんですね。

区役所前には「広徳寺跡」という石碑が

広徳寺の跡は台東区役所に

「ねこのばば」（『ねこのばば』収録）によれば、若だんなたちは、日本橋から舟で隅田川を遡って浅草御蔵のあたりで降りて、そこから駕籠で広徳寺へと向かっています。

「いっちばん」（『いっちばん』収録）においても、寛朝さんに春画をもらおうと、屏風のぞきや人に化けた猫又のおしろたちが、同じルートで広徳寺に行く場面が出てきます。この浅草御蔵というのは、幕府の米蔵のことなんです。場所はどのあたりかなあ、と古地図を広げてみたら、なるほどなるほど、現在の地下鉄蔵前駅があるあたりなんですね。御蔵の

前、だから蔵前という地名になったわけです。しゃばけシリーズでは、若だんなたちがたびたび舟で移動するシーンが登場しますが、そのたびに江戸の水路がいかに発達していたかを実感させられますね。

いかがでしたか？　しゃばけの舞台になった江戸＝東京の町を歩いてみると、まるで若だんながすぐ近くで難事件に頭をひねらせていたり、妖たちが近くをさまよい歩いていたりするような気になってはきませんか？

若だんなが訪れた江戸の名所は、その他にもいろいろ。「ありんすこく」（『おまけのこ』収録）で若だんなが旦那様に連れて行ってもらった花魁《おいらん》たちの町・吉原や、「花の下にて合戦したる」（『ゆんでめて』収録）にて若だんなたちが大勢でお花見に出かけた名所・王子飛鳥山――いつの日か皆さんにご案内したいです！

※参考文献　『切絵図・現代図で歩く江戸東京散歩』（人文社）
『新訂江戸名所図会別巻二　江戸名所図会事典』（ちくま学芸文庫）

しゃばけ登場人物たちに、おこぐが直撃インタビュー

うららかな春の昼さがり、長崎屋の離れに集まった若だんなと仲間たち。臥せっておられることも多い若だんなですが、今日はだいぶ調子も良さそうなので、バーチャル長崎屋の女中頭おこぐがいろいろ伺ってみました！

こんにちは、おこぐです。今日は、登場人物インタビューのため若だんなをはじめ妖《あやかし》のみなさんに離れに集まっていただきました。早速、みなさんにお話を伺ってみましょう！

おこぐ「若だんな、お身体の具合はいかがですか」
若だんな「おや、おこぐ。だいぶ暖かくなったからねぇ、調子はいいよ」
おこぐ「それはようございました。今日も素敵なお召し物で。若だんなは緑色のお着物を着てらっしゃる事が多いようですが、緑はお好きな色なんでしょうか」
若だんな「嫌いじゃないけどねぇ、私が選んでるわけじゃないんだよ」
おこぐ「そうなんですか。とてもお似合いなのでご自分で選ばれるのかと。じゃ、どなたの趣味で？」
若だんな「これは兄やたちの趣味だよ」
おこぐ「なるほど。兄やはとにかく若だんなのことになると何でも自分で仕切らなきゃ気が済まないようですからね！　最近までまた臥せってお い

でだったようですが、一日、身体がものすごく元気になったら若だんなは何をしてみたいとお考えですか」

若だんな「そうだねぇ、船に乗って、長崎まで行ってみたい。このあいだ箱根に湯治に行ったけど、いろいろあって温泉には入れなかったし。でも一日じゃ足りないね」

おこぐ「たくさん召し上がって元気になれば行けますよ！」

若だんな「たくさん食べろとみんなが言うけど、ものには限度があるから」

おこぐ「お好きなものなら召し上がれるのでは？　一番お好きな献立は何ですか」

若だんな「実は、お弁当箱に入れたご飯が好きなんだよ。外へ出かけた気持ちになれるから。時々兄や達が、作るように台所へ頼んでくれるよ」

おこぐ「……そんな涙を誘うようなことを……。おこぐ、悲しくなっちゃいます。明日からおこぐが毎日、ご飯をお弁当箱に詰めて差し上げますよ！」

若だんな「いくら好きでも、毎日はどうかなぁ」

おこぐ「逆に、お嫌いなのは何ですか」

若だんな「砂糖てんこ盛りの茶巾たまご。砂糖てんこ盛りの白玉団子。砂糖を山ほど入れた飴湯」

仁吉・佐助「砂糖は滋養があるんですよ!」

おこぐ「前から聞きたいと思ってたんですが、佐助さんと仁吉さんはどちらが偉いんですか」

仁吉・佐助「おこぐは何を言ってるんだっ! この世で一番偉いのは、当然、大事な大事な若だんなです。他に偉い者はおりません」

おこぐ「……質問の意図が全然通じてないようです……。ちょっと不思議なお答えを頂きましたので、これまた前から思っていたことをお聞きします。旦那様は手代たちが妖だということを知らないはずですが、たまには妖独特のとんちんかんな反応をして怒られたりすることがあるんでしょうか?」

佐助「とんちんかんな反応って、何ですか? 我々は完璧に人

の姿をとっております。その筈です」

仁吉「勿論です」

おこぐ「自分の事というのは、自分では分からないものなんですねぇ。そういえば、佐助さん、仁吉さんは手代として働いておいでですが、仁吉さんの得意な薬の調合は何ですか」

仁吉「若だんな用の特製胃薬です。たっぷりのせんぶりに、目目連《もくもくれん》の目玉二匙、朝焼けと夕焼け、三匙ずつ加え、煎じます」

おこぐ「……若だんなでなくとも、あまり飲みたくない代物ですねぇ。さて、次の質問です。佐助さんも、仁吉さんも夜はどうしてらっしゃるんですか。妖でも夜は寝てるんですか」

佐助「若だんなのため、布団の寝心地は、常に確かめております」

おこぐ「妖がずっと人型でいるのは疲れるんじゃないかと思いますが、そのあたりはいかがですか？　たまには本来の姿に戻って思いっきりのびをしたいとか思います？」

仁吉「若だんなといるのには、この方がいい。だからもちろん、疲れませんよ」

おこぐ「本当に、仁吉さんも佐助さんも若だんな命なんですねぇ。一日お休みがあったら何がしたいとかないんですか」

佐助「以前若だんなが、弁当を持って遠出をしたいとおっしゃってたんで、舟でどこかへ行きたいですね」

仁吉「お休みの日のことだって？　だから若だんなを連れて両国橋へ行ったり、若だんなのお供をして、芝居もいいねえ。若だんながお好きだから」

おこぐ「やっぱり若だんなですか！」

おこぐ「妖としては最強だと誉れ高いお二人ですが、苦手なものはないんですか」

佐助「昔はよく、弘法大師様に叱られました。理由は聞かないで下さい」

仁吉「昔はよく、皮衣《かわごろも》様に叱られました。理由は聞かないで下さい」

鳴家「兄やにばかり尋ねてないで、我らにも何か聞いてくださいよう」

おこぐ「これはこれは鳴家さんたち。サイン会でのアンケートでは人気ナンバーワンだったのよ」
鳴家「当たり前です。我ら、いつも一番ですから」
おこぐ「我らって、いったい長崎屋には仲間の鳴家は何人くらいいるの？」
鳴家「ぎゅんいー。まだ、誰も数えきった者はいません。数えてる途中で、隣から来たり、隣へ行ったりするんですよう」
おこぐ「機会があったらぜひ聞きたいと思っていた、おこぐが前から気になっていたことを聞いてみましょう。その腰巻き、なんか動物の皮みたいだけど、何の皮？」
鳴家「これ、皮なんですか？　ぎゅんいー、知らなかった。きゅわわー」
おこぐ「一番が大好きな鳴家だけど、若だんながくれるお菓子の中で一番好きなのは何？」
鳴家1「お団子です」
鳴家2「お饅頭《まんじゅう》です」
鳴家3「金平糖です」
おこぐ「大変です！　ただ今一番をかけて、喧嘩が始まってしまいました……」

於りん

おこぐ「あ、於《お》りんちゃん。こんにちは。いま、鳴家は一番好きなお菓子をかけて喧嘩中なのよ。於りんちゃん、鳴家好き？」

於りん「うん。面白いのよ」

おこぐ「鳴家は、於りんちゃんの方が鳴家の玩具なんだと言い張ってます。あらあら、今度は鳴家同士の喧嘩から、於りんちゃんとのおっかけっこになってしまいました……」

屏風のぞき「ふぅ。五月蠅《うるさ》いのがいなくなってよかったよ」

おこぐ「ひねくれ者の屏風のぞきさんのご登場ですね。屏風のぞきさんは出番がそんなに多くないのに、結構人気が高いんですよねー」

屏風のぞき「世間にはモノの分かる人間もいるってことだろうね」

おこぐ「うふふ。屏風のぞきさんは、お雛ちゃんの人生相談にのったりしてましたよね。普段はひねくれたことばかり言ってますけど、実は優しい妖なんでしょうか？」

屏風のぞき「お雛ちゃんは、勝手にあれこれ言っていただけさ。ただ、勿論あたしは優しいけれどねえ。気もきくし、話も楽しいし、そりゃあいつまでも話していたい相手だってのは分かるよ。それにね、あたしときたら顔も良いし……」

おこぐ「長くなりましたので、以下省略いたします！　でも、せっかくですから、もうひとつくらい聞いておきましょうか。若だんなが箱根に湯治に行かれた際にはお留守番をなさっていたようですが、本体の屏風から離れてどのくらい遠くまで行けるんですか？」

屏風のぞき「勿論、何処までも行けるに決まっているじゃないか。何だって、それじゃ、何で旅について行かなかったんだって？　要らぬことを聞くんじゃないよ。大体ね、あたしは……」

おこぐ「あ、栄吉さんが差し入れを持ってこちらへやってきます。またもや長くなりそうなので、以下省略いたします！」

栄吉「おこぐちゃんがなにか聞きたいことがあるらしいって一太郎に聞いたんだけど」

おこぐ「そうなんです。わざわざお越し頂き、ありがとうございます」

栄吉「いいんだよ。これ、饅頭の差し入れだよ。さっき拵えたばっかりだ」

おこぐ「……ありがとうございます。さて、いくつかお聞きしてもよろしいですか」

栄吉「お役に立つなら、何でも聞いとくれ。一太郎とは幼なじみだから、あいつのことならたいがい知ってるよ」

おこぐ「では失礼して。最近、お菓子作りの腕は上がってきましたか」

栄吉「もの凄く上手くなった気がしてる。だから一太郎が時々気を失いそうになる訳が、ちょいと分からないよ」

おこぐ「最近、お春ちゃんはどうしてらっしゃいますか」

栄吉「お春はとても元気です。時々来ますが、どういう訳か、おとっつぁんの作った

獺

お菓子ばかり、おみやげにするんですよ」
おこぐ「お春ちゃんは賢い娘さんですからねぇ」
栄吉「えっ？」
おこぐ「いえいえ、なんでもありません。ところで、これまでのお付き合いで一番印象的な若だんなとの思い出を教えてください」
栄吉「喧嘩したら、一太郎が死にそうになった。転んだら、一太郎が死にそうになった。お菓子を食べたら、一太郎が死にそうになった。あいつときたら、本当に弱いんだから」
おこぐ「……それはそれは栄吉さんならではのお話ですねぇ」

おこぐ「おや、いつのまにかお庭に野寺坊と獺《かわうそ》が」
野寺坊「いま栄吉が菓子を持ってきたようだが」
若だんな「ああ、野寺坊と獺かい。こっちにお菓子があるから寄っておいき」

おこぐ「若だんなは甘いんだから……。ついでだから聞いちゃおう。いっつもふらっと現れるけど、普段はどこに住んでるんですか」
野寺坊「某廃寺に、勝手にお世話になっております。場所は秘密です」
おこぐ「じゃ、もう一つ質問。どうして野寺坊と獺はいつも一緒にいるんですか」
獺「一緒にいると都合がいいからです。でもどんな都合かは秘密です」
おこぐ「……秘密だらけですね。どうして秘密なんですか」
野寺坊・獺「それは秘密です！」

おこぐ「ふぅ。いろいろな人にお話を聞いてみましたが、やっぱり若だんなの周りは一筋縄ではいきませんね」
若だんな「そうかい？」
おこぐ「若だんなの周りにはいろんな妖がいますが、正直なところ、この妖は役に立つなぁと思ってらっしゃる妖を教えてください」

鳴家「もちろん我らですよね！」

屏風のぞき「そんなこと聞かなくても決まってる。具合が悪くて離れから出られない若だんなの碁の相手を務めてるのは誰だか知っているだろう」

若だんな「もちろん、みんな役に立つよ。でも夜こっそり抜け出す時は、明るいふらり火の名を思い出すね。提灯の支度をしていると、兄や達に見つかってしまうから」

おこぐ「あれあれ。兄やさんたちに内緒で、夜中に一体どこへ行くのやら。では、だんだんと大人になりつつある若だんなに最後の質問です」

若だんな「なんだい」

おこぐ「みんな知りたいと思うんですけど、好きなタイプの女性はどんな女性ですか」

若だんな「おっかさんは綺麗だと思います。もっともあんまり、人っぽくは無い気もするけど」

おこぐ「うーん、なんだかうまく逃げられたような気もしますが、模範解答という気もしますね」

おこぐの突撃インタビューもオシマイです。では最後に、みなさんに若だんなのどんなところが好きかを聞いてみることにいたしましょう。

屏風のぞき「あたしに頼っているところかねえ。まだ小さいからねえ」

鳴家「ひざと袖の中とふところが好きです」

栄吉「誰に対しても、変わらないところかな」

佐助「全部です」

仁吉「当たり前です」

どうもいまひとつ妖の皆さんとはお話が噛み合わなかったような気もいたしますが、修行して、また再チャレンジしたいと思います！　若だんな、ありがとうございました。

母校で夢のトークセッション

畠中恵・柴田ゆう・あゆぞう in 名古屋造形芸術大学

知られざる大学時代、デビュー秘話、
アルバイトとの兼業生活……。
今まで語られることがなかった畠中さんと
柴田さんの一面が明かされたトークセッションを、
バーチャル長崎屋の妹女中あゆぞうが完全レポート。
小説家、イラストレーターになりたい方、
必見ですよ〜!!

[右]9時46分東京発の新幹線に乗って、レッツゴー!
[左]名古屋駅に到着。ここから、大学までは車で約1時間。雨が降りそうで、ちょっと心配

「畠中さんと柴田さんが、畠中さんの出身大学でトークセッションをすることになったんだよ。あゆぞうも参加して、お二人のために司会進行をするように」

それは、あまりにも一方的なおこぐ姉さんからの命令でした。驚きのあまり返事に窮《きゅう》しているあゆぞうに「テーマは、『小説と出版社、イラストレーションと書籍』だから、あゆぞうでもなんとか務まるよ」とケタケタ笑いながら追い打ちをかけるおこぐ姉さん。スキップをしながら去っていくその後ろ姿を見つめ、どうあがいても逃げられないと観念したあゆぞうは、腹をくくりました。畠中さん柴田さん、さらには未来を夢見る学生のみなさんのお役にたてるのならばと、僭越《せんえつ》ながらも、大役を引き受けさせていただくことになったのでございます。

そして迎えた九月某日。畠中さん、柴田さん、あ

[右]高北学長と談笑。畠中さんの在学中からこの大学で教鞭をとっていらっしゃるそうです
[左]来場者数は170名。驚きの再会もあったんですよ〜

ゆぞう、それに「あゆぞうだけでは心許ないから」と同行を勝手に決めた博吉という一行で、いざ出発！　新幹線の車中では博吉に、「あゆぞうより俺の方が人気がある」と自慢され散々な目に遭《あ》いましたが、無事、愛知県小牧市にある名古屋造形芸術大学に到着いたしました。畠中さんが卒業されてからキャンパスが移転したため、実は畠中さんも今回が初めてのご訪問。「ずいぶんキレイで広い大学になったのですねぇ」と終始驚いていらっしゃいました。
　学長である高北幸矢《たかきたゆきや》先生のご案内で会場へ向かう道すがら、「緊張しますよ～」と仰る柴田さんに「大丈夫ですよ」と言いながらも、あゆぞうの心臓はもうバクバク。そして遂に壇上へ上がる瞬間がやってきてしまったのでございます。上手くしゃべれるのでしょうか……。

あゆぞう　ま、まずは、畠中さんの出身大学や、どのような学生だったかを、教えていただけますか？

畠中　母校講演ですからね、あゆぞうさん。名古屋造形芸術短期大学出身です。ビジュアルデザインコース・イラスト科に通っておりましたが、ものの見事に目立たない学生でした。漫画家志望なのに絵が下手だったので、本格的に絵を勉強するために美大を選んだのです。けど、課題の多さには閉口しました。

あゆぞう　大学生活をエンジョイ♪　なんて？

畠中　できませんでした。柴田さんはどうでしたか？

柴田　私は愛知県立芸術大学のデザイン科でグラフィックデザインを専攻していたのですが、課題の提出は一カ月に一度だけだったんです。なので大学にはその講評の授業がある日しか行かずに、東山動物園でスケッチしたりしてました。

あゆぞう　それが柴田さんのデッサン力につながったというわけですね。愛知県立芸術大学を選んだ理由は？

柴田　絵を描くことが好きだったからですが、そこしか合格しなかったので他に選択肢がなくて。ちなみに、こちらの大学も受験したんですが、不合格でした(笑)。

畠中さんの投稿時代

あゆぞう　お二人とも大学で勉強していたことと現在のお仕事が見事にリンクしているわけですが、畠中さんは卒業後すぐに漫画家としてデビューなさったんですか？

「学生生活をエンジョイしてますか」と畠中さんが
質問すると、会場からは苦笑いが……

畠中　いえいえ。まずは、大学卒業後二年間ほど資金を貯めて上京し、漫画家志望が集まる学校に通い始めたんです。同時にそこで知り合ったある有名な漫画家さんのアシスタントになりました。

あゆぞう　お仕事しながら自分の新作を描くのはハードだったのではないですか？

畠中　楽しかったですよ。あらゆる出版社に漫画を投稿しては落ちてばかりで、評価もいつも最低ランクでしたが、厳しい批評をされることがなかったので。二十八歳頃、ようやくデビューしたのですが、三作しか仕事は続きませんでした。

あゆぞう　それから小説家を志したんですか？

畠中　都筑道夫《つづきみちお》さんという小説家の先生が開催していた小説教室に通い始めたのがきっかけでした。漫画家のアシスタントやイラストレーターの仕事があったので生活することはできたのですが、物語を作りたいという想いがどんどん溢れてきて、都筑先生の教室のドアを叩いたのです。

あゆぞう　どのくらい通っていたのですか？

畠中　二週間に一回の講座を八年ほど。都筑先生に誉《ほ》められたら賞に応募しようと思っていたのですが、全く誉められませんで……。

あゆぞう　誉めるタイプの先生ではなかった？

畠中　うーん。けど、誉められている方もいましたからね。七年くらいたった時に、初めて誉められたのですが信じられず、別の作品でもう一度誉めていただき少し自信がついたところで、日本ファンタジーノベル大賞という賞に応募したのです。それが『しゃばけ』です。優秀賞をいただき、結果的にデビュー作となりました。

深夜バスで東京まで通った一年間

あゆぞう　柴田さんはずっとイラストレーター志望だったのですか。

意外なことに、畠中さんも今回が初めての講演だったそうですよ

柴田　最初は、グラフィックデザイナーを志望していたので、広告代理店やデザイン事務所の面接を受けたのですが、不採用の嵐で。面接官に「君にはこういう仕事は向いてないよ」と通告され諦めました。他の仕事も考え始めたのですがその矢先に身体を壊してしまったため、就職できないまま大学は卒業しました。けど、どうせなら好きなことを仕事にしようと思って、雑誌の広告で見つけたイラストレータースクールに通い始めたのがイラストレーターへの第一歩でした。

あゆぞう　どちらのスクールですか？

柴田　東京の築地にある「パレットクラブ・スクール」という学校です。安西水《あんざいみず》丸《まる》さん、原田治《はらだおさむ》さんをはじめ、プロのイラストレーターや、デザイナーなど錚々《そうそう》たる方々が講師をなさっています。先着順だったので、試験もなく第二期生として通えるようになったのですが、定職もないまま東京で生活することはできないので、毎週、愛知から夜行バスで通っていました。
あゆぞう　ひぇえ。何年くらいそんなハードな生活を続けていたんですか？
柴田　一年です。若さのなせる業《わざ》ですね。
あゆぞう　そこまでしても通うだけの価値があった？
柴田　色々な人に見てもらって、批評をいただくことで、自分のイラストを客観的に確認することができるようになりました。それはプロとしては絶対に必要なことですからね、有難かったです。
あゆぞう　貴重な経験をなさったんですね。スクールではどのくらい勉強されたのですか？
柴田　スクールには二年通ったのですが、東京に拠点を移さないと仕事に差し支えることも分かってきたので、上京も決意しました。その準備をしている頃に、新潮社さんにお仕事がないか電話をかけたら、「ちょうど今、以前持ち込んでくれたイラストのファイルを見ていて、お仕事を頼もうと思っていたところだったんですよ」と言われたんです。そのお仕事が米村圭伍《よねむらけいご》さんの『風流冷飯伝《ふうりゅうひやめしでん》』という単行本のイラスト。私はこの作品でデビューしたのです。

柴田ゆう流・イラスト持ち込み術

あゆぞう　ということは、デビューのきっかけとなったのは、持ち込んでいたイラストファイルだったようですが、自ら売り込むのは困難も多かったのでは？

柴田　門前払いされることも多かったし、仮に見てもらえても、批判されるばかりでしたからね、最初はかなり戸惑っていました。

あゆぞう　ファイルはどのように作るんですか。

柴田　今までに描きためたイラストの原画をカラーコピーしてファイルしていくのですが、イラストのセレクションはファイルを送る出版社や媒体によって変えます。小説でも単行本と雑誌では勝手が変わってきますし、雑誌のカットでも女性誌、男性誌、実用誌によって求められるものは違いますから。

あゆぞう　ポイントはあるのですか？

柴田　名刺やプロフィールはファイルの表面など分かりやすいところに貼っておくことが大切です。編集部の本棚に並んでしまうことを想定して、背にも自分の名前を入れましょう。できれば小さいイラストも載せられるといいですね。表紙は透明のものを。棚から引っ張り出してもらえた時に、絵がぱっと見えた方が見栄えもいいし、印象に残りやすいです。

あゆぞう　なるほどぉ。今、こうしてご自身のファイルをご覧になるとどう思われますか？

柴田　ヘタ、です。新潮社さんに最初に持ち込んだのは九年前で、自分の作品の方向が見え始めたばかりの頃なので、線も弱々しいですよ。

あゆぞう　私の目には上手に見えます。ちなみに、そのファイルから実際に採用された作品はありますか？

柴田　だるまのイラストを、先月発売された『しあわせになる禅』という新潮文庫のカバーに使っていただきました。ただ、私自身、お話をいただいてすぐにはどの絵か思い出せず、原画がどこにあるかも分からず、慌てて探しました。

あゆぞう　九年後に日の目を見たわけですね！　持ち込みファイルって重要ですね。

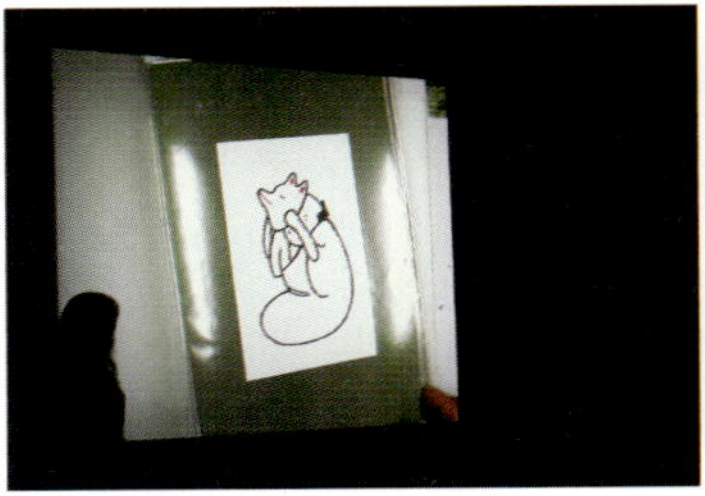

柴田さんが9年前に作った持ち込み用のファイルのイラストを少しだけ紹介しました。ちなみにこの影の正体は……？　答えはあゆぞうです

柴田　原画は絶対に捨てたらダメですね。
あゆぞう　捨てようとしたんですね。
柴田　引っ越しの時、邪魔だったんで……。他にも、描いた時のプロセス、下書きなどでもとっておくと、後々役に立ちます。

プロとして

あゆぞう　様々な苦労を経て、デビューなさったお二人ですが、プロになってからは特に副業はなさらずとも生計をたてることができたのですか？
畠中　いつか小説家だけで食べていけるかな、と思えたのは、二冊目の『ぬしさまへ』という単行本が出版された頃です。すでに、お約束していた漫画の仕事はあったので、しばらくは兼業していましたが、そのうちに漫画の方が消えていきました。
柴田　私は上京してすぐに書店員のアルバイトを始めましたが、辞めたのは二年

お二人の貴重なお話に、熱心にメモをとりながら耳を傾けるみなさん

前です。

あゆぞう　えっ、そうなんですか!?

柴田　はい。「しゃばけ」シリーズが発売されると、自分でPOPを書いて、目立つところに本を置いてと色々努力をしておりました。

あゆぞう　柴田さん自ら、草の根運動をなさっていたとは……。しかし、編集者としてお二人の仕事ぶりを拝見していると、デビュー以降もそれまで以上に努力なさっているという印象がありますが。

畠中　プロになると生き残り合戦が始まりますから、努力せざるを得ないです。

柴田　ハードルをどんどん高くしていかないと。

畠中　資料も増える一方ですしね。

柴田　髪型一つとっても時代によって違いますからね。戦国時代だと大名によって家紋や甲冑《かっちゅう》も違いますし。

あゆぞう　そうなんだぁ。

畠中・柴田　あゆぞうさん……、何

緊張していたとは思えないほど
柴田さんは落ち着いていました

を今更納得してんですか。

あゆぞう　はっ、いえいえ。もちろん知ってましたよ〜。ええと、柴田さんは好きなことをお仕事になさったわけですが、デビューしてからイラストとの関わりかたに変化が生まれましたか？

柴田　気が乗らなくても描くのが、プロの責任ですから。意識は変わりましたよ。

あゆぞう　小説の挿画を描くうえで注意なさっていることはありますか？

柴田　読者の方の想像を妨げてはいけませんので、イラストでは説明をしすぎず、つかず離れずという距離感を保つように心がけています。

あゆぞう　では、小説家・畠中さんにとってイラストはどういう存在ですか？

畠中　本を買ってもらう強い吸引力になって欲しい存在です。出版は商売なので、一部でもたくさん売らないとなりませんからね。かわいいだけ、綺麗なだけではダメなのです。

あゆぞう　単行本のイラストに起用されると、ポスターなど販促物にも使われますからね。責任重大です。

畠中　柴田さんは自分のイラストを意外なところで見つけて驚いたことはありませんか？

柴田　新聞を広げたら「しゃばけ」の広告がどどーんと載っていてびっくりしたことがあります。意図しない場所で自分の絵にあうと恥ずかしいですね。

あゆぞう　では、最後にお二人から学生時代にやっておいて欲しいことを一言ずつお願いします。

畠中　学生時代からデビューすることもできるわけですから、どんどん売り込みを開始した方がいいと思います。早くからスタートして損なことはありませんからね。

柴田　映画やお芝居や音楽などに触れて、いろんなことを吸収して下さい。

あゆぞう　あとは、ぜひ本を読んで欲しいですね。自分なりの想像力を培うためには文章を読んで考える訓練をしてみてください。

うんうん。あゆぞうの司会進行もなかなか上手じゃないですか。えっへん。**引き続き、会場に来てくださった皆さんからの質疑応答に畠中さん、柴田さん、あゆぞうの三人で回答いたしました！**

「畠中さんと柴田さんが、作品を持ち込む出版社を新潮社に決めた理由はなんですか」

柴田　新潮社の装幀部の方がスクールの講師をなさっていたので顔見知りで、直接イラストを見ていただく機会があって結果的にデビューしたわけですが、持ち込み自体は自分が好きだと思う装幀の本を出版している会社全てにしていました。ただ、会ってもらえることは殆どなかったし、ファイルを送っても仕事には結びつきませんでした。最初は不安だと思いますが、一度持ち込めば度胸もつきますのでおそれずにどんどんチャレンジしてみましょう。まずは、電話からですね。

畠中　私は、『しゃばけ』という時代もののミステリー小説を書いてしまったわけですが、妖《あやかし》が登場するので応募できそうな賞がなかったのです。けど、日本ファンタジーノベル大賞なら門前払いにはならないかなと思い、とりあえず応募したんです〜。

「煮詰まった時のリフレッシュ方法は？」

柴田　寝ます。徹夜続きで電池切れ寸前の時は、電話にも出ずにひたすら寝る。

畠中　とにかく歩き回ります。書店から書店へ渡り鳥のように歩く。足から身体を動かすと脳みそにいく血液が四十パーセントほど増えるそうなんです。なので、きっと歩いていけばいいアイディアが浮かぶに違いないと自己暗示をかけながら歩いてます。

「単行本の表紙の場合、柴田さんが描いたイラストがそのまま装幀になるんですか?」

柴田　「しゃばけ」の場合は、それぞれの人物を個別に描いています。それを表紙に合うように配置して下さるのは装幀の方なので、イラストそのままではないですね。

スタッフとして手伝ってくれた情報デザインコース4年生の後藤麻衣さんと早崎佳那子さんと記念撮影。サイン本も特別プレゼント

「『週刊新潮』でも『しゃばけ』シリーズは連載されましたが、読者層が合いそうにない媒体を選んだ出版社の考えと、連載に際してお二人が今までと変えた点や苦労したことがあったら教えて下さい」

あゆぞう　「週刊新潮」の読者の方にも読んでいただきたかったからです。かわいい装幀の本なので、書店に置いてあって興味を抱いていたとしても、男性は手に取りにくかったかもしれないので。

畠中　掲載できる文字数がかっちりと決まっているので、誤差なく書くのには苦労しました。後は、三途《さんず》の川など男性にも興味を持ってもらえるエピソードを意識して登場させました。

柴田　私も読者層に合った小道具を描くようにしました。「週刊新潮」のイラストスペースは通常の雑誌よりも大きく細部まで書き込むことができたので、従来の「しゃばけ」の読者層とは合いませんが、冒険する意味も含めて春画を描いてみました。

「本によって掲載されるイラストのサイズが変わってくると思いますが、イラストを描くのに適したサイズというのはあるのですか?」

柴田　画材によって変わりますし、個人差もあるとは思いますが、あまり大きすぎるとスキャンしにくいので、私はA4サイズくらいで描いてます。もちろんもっと小さいケースもありますけれども。細部がつぶれないように印刷されたときの状態を考えつつ調整するのが一番です。私の経験則では雑誌の挿絵の場合は、大体、掲載寸法の1.2倍で描くと、一番キレイに印刷されます。

続いて、大学が主催した「畠中恵さんの作品を読んでインスパイアされたイラストレーション」の各賞の発表。畠中恵賞、柴田ゆう賞、新潮社賞などの表彰と講評が行われました。

イベント終了後は皆で記念撮影をしたり、大学構内を見学させていただいたり、畠中さんと柴田さんは、駆けつけてきて下さっていた恩師やお友達との再会を楽しんでいらっしゃいました。しかもなんと！　畠中さんの大学時代の同期の方が柴田さんの小学校三年生の時の担任の先生だったことが判明！　お二人のご縁は本当に深いのですねぇ。本当に楽しい一日でした。皆様、どうもありがとうございました♪

（このトークイベントは2007年9月に行われました）

鳴家絵描き歌

●えんぴつで鳴家をなぞってみよう

スタート

お饅頭がありました

お皿にのっけて
食べましょう

あらあらお豆も
入っていた

こんがり焦げ目も
おいしそう

湯気がゆらゆら
でてきたよ

お口をあーんと
開けましょう

お手てでしっかり
つかんだら

お腰に布でおめかしよ

にょきっと足も
生えてきた!

きゅわわ、きゅわわ
鳴家の完成♪

特別収録

みぃつけた

文・畠中 恵　絵・柴田ゆう

みぃつけた

昔《むかし》、昔というほど、前の話ではありません。

ひいひいひいおじいさんの、そのまたひいひいひいおじいさんが、元気だった頃……体の弱い男の子が、お江戸《えど》というところにおりました。

男の子は、一太郎《いちたろう》といいます。五《いつ》つです。

一太郎はそれはそれはひ弱《よわ》だったので、朝と、昼と、晩に、熱《ねつ》を出して寝ついています。朝ご飯と、お昼ご飯と、晩ご飯の後で、苦いお薬を飲まなくてはなりません。

お薬は嫌《きら》いでしたが、いつもちゃんと飲《の》んでいました。だって熱が下がらないと、ばあやが溜息《ためいき》をつきます。友だちとお外で遊ばせてもらえません。

毎日とても良い子にしてるのに、一昨日《おととい》も、昨日も、今日も、一太郎は寝てばかり。熱が下がらないからです。咳《せき》が止まらないからです。

一太郎は今日も離《はな》れにあるお部屋で、ひとりぼっちで寝ていました。

「一人きりは大嫌い……」

一太郎は、ぼそりと言ってみました。でも、だれも返事をしてはくれません。おうちは長崎屋《ながさきや》というお店をやっていました。だから、お父さんもお母さんも忙しいのです。ずっと一太郎と一緒には、おれないのでした。

お店には、おじいさんが連れてきた小僧《こぞう》さんたちもいます。でもまだ来たばかりなので、毎日お仕事に一《いっ》生懸命《しょうけんめい》で、この子たちも遊んでくれません。

「つまんないよぉ」
　布団《ふとん》の中で溜息《ためいき》をついていると、塀《へい》の外から楽しそうな声が聞こえてきます。近所の子らが元気いっぱい、遊んでいるのです。
（ああ、今日は隠《かく》れ鬼《おに》をしているんだ）
　すぐにそうと分かります。でも一太郎は、今走ると咳《せ》き込《こ》んでしまいます。やっぱり皆《みな》の仲間《なかま》には入れないのでした。

（寂《さみ》しいよう）

ふうと息を吐《は》いて、寝返りをうちます。それから天井《てんじょう》を見て……、一太郎は、大きく目を見開いたのでした。

「ありゃりゃ？」

天井の隅《すみ》に小さな姿が見えたのです。

「小鬼《こおに》だ……」

驚きました。隣《となり》を見たら、もう一匹います。怖《こわ》い顔をしています。隅からもっと出てきました。こっちを見ています。

じきに家の中から湧《わ》き出すように、たくさん現《あらわ》れてきました。皆で、それは物珍《ものめずら》しいものでも見るように、天井から一太郎を見下ろしています。

「ぎゅいぎゅい、ぼっちゃんだよ」

「きゅわわ、おやや、こっちを見ているよ」

「きゅんいー、気がついたのかな。我《われ》らがここにいるって、分かるのかな」

「きゅーきゅー、それは大変、大変」

小鬼たちは何だかうれしそうに、一大事《いちだいじ》、一大事と騒《さわ》いでいます。

小さくっていっぱいいて、何だか楽しそうな子たちです。

一太郎は熱があるのに、思わず布団《ふとん》から起きあがりました。天井に向け、手を差《さ》し伸《の》べます。

「ねえ、一緒に遊ぼうよ」

話しかけたとたん。

「ぎゃいーっ、見つかったーっ」

「きゅわっきゅー、隠《かく》れろーっ」

「きゅきゅきゅきゅきゅ、逃げろっ」

ぱっと小鬼たちが、四方《しほう》へ散《ち》って消えます。一太郎は、思わずにこりと笑いました。

「隠れ鬼するの？」

ひい　ふう　みい　よ　いつ

一太郎は布団《ふとん》から抜《ぬ》け出ました。でもすぐに追いかけたりしません。ちゃんと十《とお》数えてから、小鬼たちをさがすつもりです。

「われが見つけたら、名前を教えてね」

ひい、ふう、みい……。一太郎は目を手で隠《かく》し、張《は》り切って数え出しました。

「もういいかい」

大きな声を出し、小鬼たちに知らせます。目隠しを取って、部屋を見まわします。思ったとおり、小鬼は一匹も部屋にはいませんでした。

むう
なな
や
ここのつ
とおっ

「どこかな？　どこにいるのかな？」

　久しぶりのお遊びです。一太郎は張り切りました。部屋からぴょんと、離れの廊下《ろうか》に出ます。とたん、つるんと滑《すべ》って尻餅《しりもち》をつきました。廊下はピカピカに磨《みが》かれていたからです。

　そのとき小鬼が一匹、一太郎の横を、つるつるすいーっと滑って、追い越《こ》して行きました。

「きゃいきゃい」

　とっても楽しそうです。

「待てーっ」

　一太郎もまねをして、座った

まま廊下を手で押します。さっと体が滑り出しました。おまけにくるると回ります。つるるるくるるーっと、廊下を流れるように進みます。

「気持ちいい」

軒下《のきした》と空が過ぎてゆきます。

「わあいっ」

ところが。

廊下の端《はし》にぽんと行き着いたら、小鬼がいません。

「あらら、逃げられた」

そのとき庭で、かこっと音がしました。

見ると別の小鬼が、母屋《おもや》へ向かって駆《か》けて行きます。ちっちゃな足が、小石を蹴飛《けと》ばしたのです。

石ころは別の石に当たって、ころん、ぽこん、きん、と明るい音を立てました。

「石けりだ！」

一太郎もさっそく、裏庭《うらにわ》に降《お》りました。小鬼のまねをして、石をけります。

こん、こきん、かちんっ。七色の音がします。

ここんっ、かこんっ、けんっ、ころころっ。

石をけりながら、母屋《おもや》の廊下に行き着くと、やっぱりさっき見た小鬼は、そこにいません。一太郎は首をかしげます。

「でもこっちへ来たんだから、母屋にいるはずだよね」

小鬼をさがして廊下に上がります。それから部屋の中に入りました。いつもばあやに言われている通り、開けた障子戸《しょうじど》はちゃんと閉めます。

すると閉めたばかりの障子《しょうじ》に、小鬼の影《かげ》が映ったのです。しかも一匹ではありません。

「きゅんげっ」

楽しそうな声とともに、小鬼の影は犬の顔のようになりました。口が動きます。ほえます。

「きゅわん、わんっ」

「すごい、影絵《かげえ》だ」

小鬼が形を変えました。今度は影が鳥になります。羽《はね》をぱたぱたさせています。

うれしくなった一太郎は、障子を少し開けて廊下に手を差し出しました。己《おのれ》の影も、障子に映します。指を動かしてみます。狐《きつね》のお顔が出来たので、こんこんと鳴《な》いてみました。

「可愛《かわい》い？」

にこりとして、小鬼に話しかけます。

「きゅーっ」

と、うれしそうな声が聞こえました。

なのに。もっとお話しようと、一太郎が
廊下に顔を出すと、小鬼が消えています。

「あれー？」

小鬼は、忍者《にんじゃ》みたいにすばやいのです。

そこに、表《おもて》の通りから、『しゃぼん玉売り』の声が聞こえてきました。

『しゃぼん玉売り』は、小さく切った竹《たけ》筒《づつ》の中にしゃぼん液を入れて、売って歩く人です。たくさんのしゃぼんを吹いてくれます。一太郎は大好きでした。

「たまやぁーたまやぁーたまやぁー」

声とともに虹色《にじいろ》の丸い玉が塀《へい》を越え、ぷかりぷかりと浮いてきました。

するとそのとき！

小鬼が現れました。軒下《のきした》に流れてきた玉に、ぴょんと飛びついたのです。

ぱちんっ。

しゃぼんが割れました。小鬼ははじかれて、ぽんと空に浮き上がります。

「きゅわきゅわっ」

楽しそうな声がしました。ほかの小鬼たちも、つぎつぎとしゃぼん玉に乗っていきます。また玉がはじけます。

ぱちんっ、ぽーん、きゅわわわっ。

ぱちんっ、ぽーん、きょんきーっ。

小鬼が屋根《やね》と同じくらい高いところで、ふわふわ、ぴょんぴょん、はねています。青いお空を、皆で飛んでいます。

きゅおーんっ、

きゃきゃきゃーっ、

きょげきょげっ。

「楽しそう」
わくわくして、一太郎もしゃぼん玉に触《さわ》りたくなりました。ぱちんとはじかれて、空を飛んでみたくてなりません。

「われも……」

手を伸《の》ばします。しゃぼん玉に触ってみました。

でも。

ぱちんっ。

玉は指の先で、すぐにはじけて消えてしまいます。一太郎は小鬼よりずっと大きいので、空を飛べないようでした。

「ありゃあ」

しゃぼんはどこかへ飛んでいってしまいました。たくさんいたはずの小鬼も一緒に消えて、姿がありません。

「いけない、隠れ鬼をしてたんだ。小鬼を見つけなきゃ」

きょろきょろ。一太郎は庭《にわ》と廊下《ろうか》と部屋の中をさがします。うろうろ。でも小鬼たちは見つかりません。

するとそこに、鳥の声が聞こえてきました。

『ぽーぽけきょ……』

「今頃、うぐいすが鳴くの？」

一太郎はちょいと首をかしげます。

「いつもは『ほーほけきょ』だよね？」

『ぴーひょろろろ……』

「あれあれあれ？」

こんどは、とんびでしょうか。一太郎は綺麗《きれい》な音のする部屋に、入っていきました。

『ひょろろろ……』

『ぴよぴよぴよ……』

六畳《ろくじょう》の部屋には可愛い声が満《み》ちています。

でも、だれもいません。

一太郎は右に、左に、首をかしげます。そうして隅に置いてあった、大きな柳行李《やなぎごうり》に近づいてみました。

「もしかしたら、鳴き声はこの中から聞こえているのかな？」

しばらく行李《こうり》の前で、耳を澄《す》ませてみました。でも、もう鳥の声はしません。

「どうしたのかしら？」

一太郎はそおっと静かに、行李のふたを持ち上げてみました。すると行李の中には、

色々なものが入っていました。
「わあ、たくさんのおもちゃだ」
こけしや手まりや独楽《こま》があります。一太郎のお気に入りだった鍾馗《しょうき》さまもいました。鍾馗さまは、疫病神《やくびょうがみ》を追い払ってくださる方なのだそうです。病気がちな一太郎は、もっと小さい頃その人形を、それは大事にしていたのです。一太郎はうれしくなって、ふたの隙間《すきま》から行李に入ってしまいました。

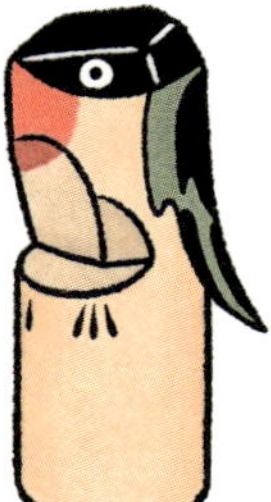

ぱこんとふたが閉まります。でも柳《やなぎ》で編《あ》んだ箱だから、隙間《すきま》から明かりが漏《も》れてきて、中が見えます。

一太郎はおもちゃの上に座りました。ひょいと前を見ると、笛を握《にぎ》った小鬼が、おもちゃに紛《まぎ》れて横たわっています。

（小鬼だ！　さっきの鳥の声は、この子が笛を吹いていたんだね）

一太郎は大きくうなずきます。隠れ鬼で、やっと小鬼を見つけたのです。これで小鬼をつかまえれば、遊びは一太郎の勝ちです。

そうしたら、小鬼の名前を教えてもらえます。

（これから一緒に遊んでくれるかな。われのこと、好きになってくれるかな）

一太郎の胸《むね》が、どきん、どきんと、鳴っています。手を伸ばしました。

でも。

よく見たら、小鬼はぐっすりと寝ています。今触《さわ》ったら、びっくりして飛び起きてしまうでしょう。それはかわいそうです。

(起きるまで待っていよう)

一太郎は手を引っ込めました。おもちゃの上で、己《おのれ》も横になります。お友だちができると思うと、何だかとっても、うれしくなりました。

お腹《なか》を出して、くーくー寝ている小鬼は、可愛いです。

一緒にいると暖《あたた》かです。

そして、そして。

気がついたら、柳行李《やなぎごうり》のふたが開いていました。上からのぞき込んでくる人がいます。

「あれ、着物《きもの》のすそが出ていると思ったら、行李にぼっちゃまが入っていた」

ばあやの笑った顔が見えました。

一太郎は中で、寝てしまっていたのです。

「お熱があるんだから、ここじゃなくて、布団《ふとん》で寝なくっちゃいけませんよ」

ばあやはやさしく言います。そしてふわりと、一太郎を抱《かか》え上げてしまいました。

（あ、小鬼）
下を見たら、まだおもちゃの中にいました。
でもばあやは、すぐに行李のふたを閉めてしまいます。小鬼が見えなくなりました。
（小鬼ぃ……）

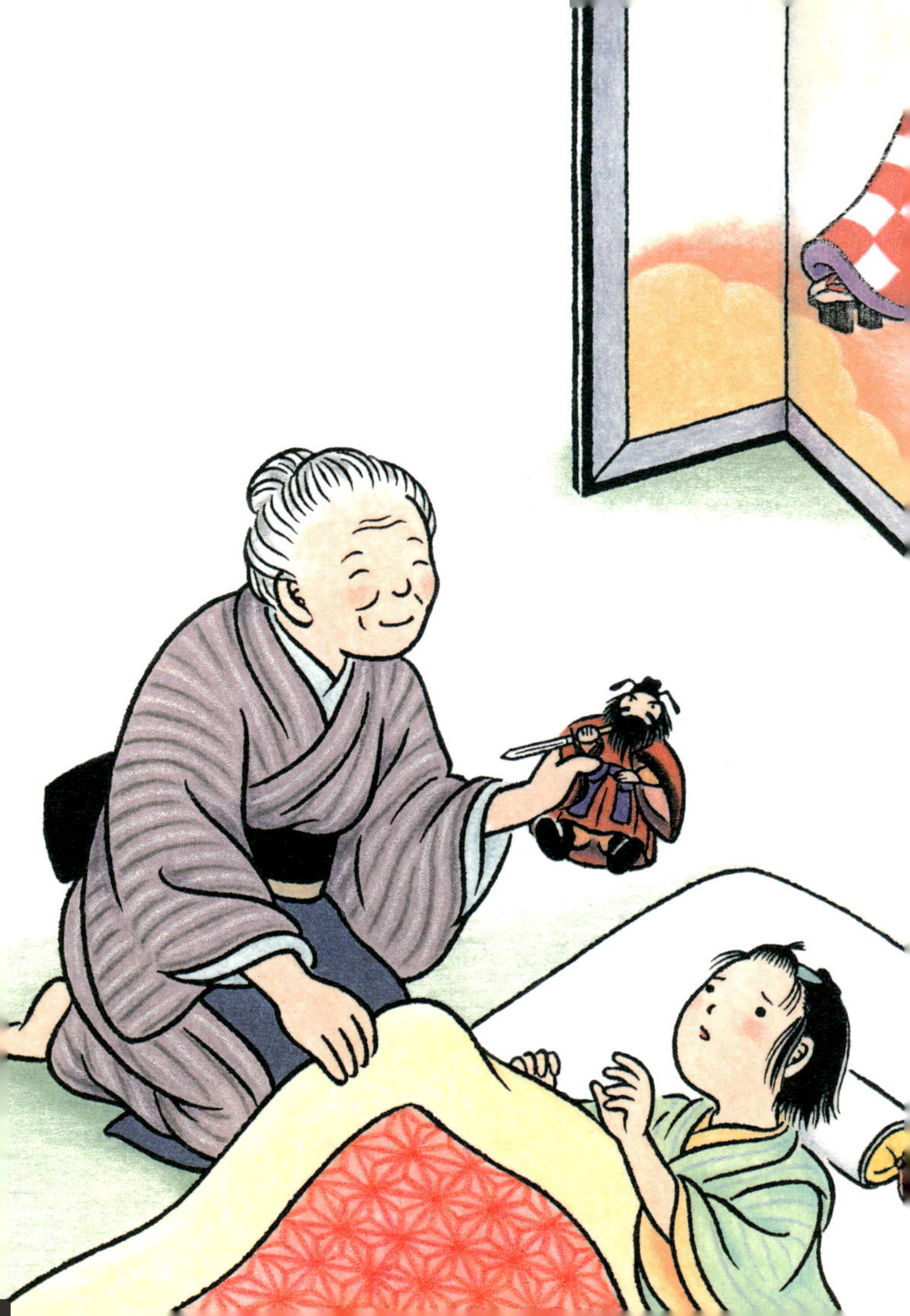

一太郎は、ばあやが大好きです。

でも。

まだ小鬼をつかまえていません。

小鬼の名前を教えてもらっていません。

なのに隠れ鬼は、もうおしまいなのだと分かりました。

(小鬼に、お友だちになってもらおうと思ったのに)

一太郎はお部屋に戻《もど》されてしまいました。暖かいお布団にくるまれます。

「静かに寝ていましょうね」

ばあやは笑いかけてくれます。枕元《まくらもと》には、手に持っていた鍾馗《しょうき》さまが置かれました。

ばあやも仕事があるので、一太郎が横になると、部屋から出て行ってしまいました。

（まただ……まただ）

一太郎は、またひとりぼっちで残りました。

昨日も、一昨日《おととい》も、その前も、ずっとずっとお部屋で寝ています。もうすっかり一人が嫌いになっています。

なのに……今日も遊んでくれる人が、いなくなりました。

「はああ……」

いつの間にか、涙《なみだ》が出てきています。ころころと頬《ほお》をころがります。一つ消えても、次の涙がまたこぼれます。

ころころろ……。手に落ちます。
ぽろぽたり……。冷たいです。
ころり。くすん。
ぽたん、くしゅん、くすんっ。
するとそのとき、声がしました。

「ぼっちゃんが泣いているよ」

「どうしてかな」

「お熱《ねつ》が高いのかな」

見れば天井にまた、小鬼が現れたではありませんか。しかもそのうちの一匹が、一太郎のところに降りてきたのです。さっき、笛を持っていた子です。

胸がどきどきと鳴りました。小鬼はそばに来ると、気むずかしげな顔つきで、小さな手をぺたんと一太郎のおでこに乗せます。まるでお医者《いしゃ》さまです。

「われは今、お熱があると思う？」

ためしに聞いてみました。でも小鬼は首をかしげているばかり。どうやら病気《びょうき》のことは、よく分からないようです。

それでも一太郎は、おでこをなでてくれる小さな手が、とてもうれしかったのでした。それで、小鬼の手に手をかさねて、たずねてみました。

「ねえ、お名前は何というの？」

小鬼はびっくりした顔で、一太郎を見ています。どうしようか、考えているようです。

「ねえ、お友だちになってよ。一番のお友だちに」

すると、小鬼がにかっと笑いました。口が、三日月《みかづき》を横にしたような形になっています。

「一番？　われが一番？」

どうやら小鬼は、一番という言葉が大好きなようです。しきりと繰《く》り返したあとで、うれしそうに言いました。

「われは鳴家《やなり》。一太郎の一番のお友だち」
いちばーんっと言って、両《りょう》の手をぱたぱたとうれしそうに振《ふ》ります。
「鳴家。やなりっていうんだ」
するとそれを見ていたほかの小鬼たちが、天井からわらわらと降りてきたのです。

「一番、一番。われも鳴家。われが一番！」

柱《はしら》の上から、天井《てんじょう》の隅《すみ》から降りて、ぽてぽてとあゆみ寄《よ》ってきます。
一太郎の布団の中に、するすると潜《もぐ》り込《こ》んできました。
きーきー、きゅあきゃあ。
鳴《な》き出します。
ぺたぺた。すりすり。
撫《な》でます、触《さわ》ります。
「いっちばーんっ」
鳴家たちは、とっても楽しそうにしています。
ころころ。
きゃたきゃた。
うふふふふ。
一太郎も口を、三日月《みかづき》のようにして笑いました。

その日から一太郎は、ひとりぼっちで眠らなくてもよくなりました。

＼おしまいだよ／

編集	バーチャル長崎屋奉公人一同 國分由加（林泉舎）
カバー装画	柴田ゆう
装幀	新潮社装幀室
本文デザイン	大野リサ+川島弘世
写真	青木登 坪田充晃 平野光良 猪又直之
協力	名古屋造形大学 向田陽佳

この作品は二〇〇七年十一月、新潮社から刊行された『しゃばけ読本』を再編集し、二〇〇六年十一月に同じく新潮社より刊行された絵本『みぃつけた』を収録したものです。

しゃばけ読《どく》本《ほん》

新潮文庫　は－37－50

平成二十二年十二月　一　日　発　行
平成二十二年十二月　十　日　二　刷

著　者　畠《はたけ》中《なか》恵《めぐみ》
柴《しば》田《た》ゆう

発行者　佐藤隆信

発行所　株式会社　新潮社

郵便番号　一六二―八七一一
東京都新宿区矢来町七一
電話　編集部(〇三)三二六六―五四四〇
読者係(〇三)三二六六―五一一一
http://www.shinchosha.co.jp

価格はカバーに表示してあります。

印刷・凸版印刷株式会社　製本・加藤製本株式会社

ISBN978-4-10-146170-0 C0195